ANTÓNIO TRABULO

A NAMORADA

DE

HENRY MILLER

A SECRETÁRIA

Imaginemos que espreitamos por cima do ombro do escritor. Homero Vilas Boas está a iniciar um romance novo.

Sinto-me como se estivesse a começar uma peça de teatro.

Sou capaz de imaginar o cenário com clareza.

Vê-se uma mulher sentada à secretária de pau-santo, em torcidos e tremidos. Está nua. Andará pelos trinta anos e tem o cabelo loiro comprido. O sol entra pela vidraça da varanda que lhe fica atrás e à esquerda, fazendo-lhe luzir nos caracóis largos fogachos de bronze.

O rosto é comprido e agradável. Tem o nariz direito, as maçãs do rosto um pouco salientes, os dentes certos e os lábios muito bem desenhados. As sobrancelhas e o pelo púbico são do tom do cabelo. Ou os pinta, ou é mesmo a cor deles. Os olhos, grandes e afastados, de um azul esver-

deado, parecem emoldurados pelas pestanas compridas. É difícil dizer se o que tem de mais bonito são os lábios ou os olhos. Há quem se incline para os lábios.

O trabalho absorve-a. Lê atentamente os papéis que tem em frente. Exprime, ora surpresa, elevando as sobrancelhas e desenhando rugas na testa alta, ora preocupação, franzindo o sobrolho. Abana ocasionalmente a cabeça para baixo, em sinal de aprovação. De vez em quando, traça riscos nas páginas com um marcador vermelho. Usa óculos de meia-cana. Há de retirá-los logo que pare de ler.

Pôs os papéis de lado e olha, agora, fixamente o telemóvel. Parece esperar uma chamada, mas não se ouve qualquer toque.

A mulher chama-se Matilde mas, por razões que não confiou a ninguém, gosta que a tratem por Lorena. É atraente, mas não se pode dizer que seja excecionalmente bonita.

Os óculos, o relógio de pulso e as argolas de oiro são a única roupa que veste. As arrecadas apenas se veem quando sacode o cabelo para trás. É primavera e não faz frio nem calor. Não será a temperatura que a leva a trabalhar despida.

Lorena tem a pele clara, os ombros relativamente largos e a cintura estreita. È magra. O relevo dos músculos e das costelas é bem aparente.

Na parede que lhe fica atrás, vê-se um quadro australiano em que figuram cobras pintadas com técnica de pontilhado. Está meio encoberto pela cabeça da mulher e esconde, por seu lado, o cofre incrustado.

Matilde/Lorena mora num prédio antigo de dois pisos. O soalho é de tábuas de pinho. Anda nua pela casa sem que ninguém a veja. Mesmo que tivesse vizinhos intrometidos que a tentassem espreitar com binóculos, avistariam apenas alguns móveis. A disposição das janelas e da varanda protege-lhe a privacidade.

O que fará aquela mulher caminhar despida dentro de portas? Nem ela sabe ao certo. Será um modo de exercer a liberdade corporal. Tentará dissipar no ambiente a sensualidade de uma fêmea jovem e saudável. Poderá ainda tratar-se de uma forma de exibicionismo sem espetadores, uma espécie de voyeurismo amputado ou coxo.

Haverá um pouco de tudo isto na motivação do seu comportamento. Se Lorena pretendesse mesmo exibir-se, bastar-lhe-ia passear na varanda comprida que corre ao longo do lado sul da casa, para onde dão as janelas dos quartos. Depressa teria metade dos homens da cidade à espera de a ver passar, antes de chegar a polícia. Existirão outros fatores que escapam à argúcia do narrador. Não entendemos tudo o que nos vai na alma. A verdade é que Lorena é criatura minha. Construí-a com palavras.

Não lhe defini uma profissão. Escolham a que quiserem, desde que dê para ganhar bem a vida passando muitas horas em casa. Poderá advogada.

Também não mencionei a família. Não a tem chegada. É solteira. Sei que gostava de ter um filho, mas ainda não encontrou o parceiro certo para o fazer.

Não vale a pena procurarem vestígios dela no Arquivo de Identificação ou nos Serviços Médico-sociais. Lorena não tem bilhete de identidade, nem carta de condução ou número de contribuinte.

A morada não é segredo: número sete da Rua da Ponte, em Setúbal. A casa tem apenas uma entrada.

O CONFESSIONÁRIO

Continuemos a espreitar as frases que vão nascendo. Se não fizermos barulho, o escritor não dará por nós.

A imaginação leva-nos até onde queiramos ir.
Vemos Lorena ajoelhada num confessionário. É um móvel pequeno. Terá sido trazido de algum convento pertencente, tempos atrás, a uma ordem pobre ou a um colégio de freiras. A mulher tem um manto comprido sobre o cabelo e pôs uma almofadinha debaixo dos joelhos para não os mortificar.
O móvel foi colocado com intenção decorativa numa casa de quinta. Vê-se que o aposento onde se encontra foi beneficiado. Dantes, era instalação de animais. A manjedoura antiga ainda está à vista. Foi aproveitada e transformada num assento comprido, com espaço para arrumação debaixo do estrado de madeira.

Se os leitores estivessem a meu lado, nem reparavam na manjedoura. É que mulher despida enche o compartimento de luz. Brilhariam assim os anjos maus antes de tombarem. Certo é que tenho de semicerrar as pálpebras para a olhar.

Algum travão antigo da alma pretende que desvie a mirada para me não perder. Exige demais da minha força de vontade. Não sou capaz de lhe obedecer.

Procuro o sacerdote e não o vejo. Não há ninguém do outro lado da janelinha de reixa. É pena. Fazia falta à mulher e talvez me ajudasse a recuperar a tranquilidade.

Lorena movimenta os lábios devagar, sem emitir qualquer som. Fixo-me naquela boca que desperta vontade de pecar. Não sei a quem abre a alma. Talvez peça perdão a um amante abandonado. Poderá fazer confidências chorosas à mãe, ao pai, ou a um irmão. Rezará porventura a algum Deus, conhecido ou ignorado.

Sem poder justificar a suposição, estou em crer que defronta a própria imagem num espelho escondido. Lamentará a barreira incompleta que deixou criar entre o que lhe disseram que deveria ser e o que é. Pretenderá entrar num mundo que não lhe pertence. Parece ter uma vontade intensa de viver. Se pecou, não se mostra arrependida. A virgem que deixou para trás chamará por ela, pedindo conselhos maus.

Enquanto a observava, a atitude da mulher foi-se alterando. As ancas começaram a mexer-se. O movimento acelerou e as nádegas assumiram a coreografia das sambistas nuas do carnaval brasileiro. Agitaram-se e rebolaram. A dada altura, o manto caiu e Laura emitiu um grito surdo de prazer. O Mal vencera a pequena batalha.

O confessionário dessacralizou-se. A madeira ficou para ali, envernizada, austera e desprezada.

Espreitemos agora pela janela. Até onde a vista alcança, observa-se uma vinha bem tratada com os cachos já pintados. O outono espreita, mas os dias continuam quentes. As uvas parecem esperar o som da flauta de Baco. O deus grego tem a ver connosco. Se não sabem, ouçam: era tio de Luso, que deu nome à Lusitânia. Já no tempo dos romanos era terra de bom vinho e de grandes bêbados, embora se diga que, antes de aprenderem a cul-

tivar a vinha, os nossos antepassados consumiam cerveja de bolota.

O NOSSO ESCRITOR

Homero Vilas Boas nasceu em Moncorvo no ano de 1954. Estudou em Coimbra, advogou na Guarda e acabou por se fixar em Setúbal. Por essa altura, conseguira já a façanha de se tornar num dos poucos escritores portugueses que viviam dos livros publicados. Os críticos, que ainda os havia, não o tinham em grande conta. Os leitores, porém, disputavam-lhe as obras.

Homero atingira cedo um certo grau de maturidade emocional e intelectual que o distinguia dos colegas, em Coimbra. Tinha, também, talento para representar. Chegara a exercer funções dirigentes no Teatro dos Estudantes da Universidade.

Durante algum tempo, sonhara ser encenador. Convencera-se, aos poucos, de que essa iria ser uma profissão sem futuro. O mundo do espetáculo pertencia agora ao cinema, capaz de reproduzir, vezes sem conta e sem despesas adicionais, os melhores momentos alcançados em palco. No entanto, tal caminho parecia reservado a estrangeiros. Os poucos cineastas portugueses viviam de subsídios estatais.

Dizia-se que Homero era muito inteligente, embora os resultados escolares o não confirmassem. Levaria sete anos a completar o curso de Direito, que se poderia fazer em cinco.

A licenciatura era a enxada com que teria de cavar o pão da vida, a menos que o ferro embatesse em metal e desse com um pote de moedas enterradas.

Vilas Boas interessava-se pela cultura e lia quase tudo o que lhe aparecia em frente. No campo das escolhas políticas, mostrava-se indeciso. Descortinava qualidades e defeitos em quase todas as ideologias e mantinha-se afastado delas. Esperava que o tempo o ajudasse a decidir-se.

Quando pôs as fitas vermelhas de quintanista, o tio Nicolau ofereceu-lhe, às escondidas, uma prenda que considerava especial. Eram quatro livros usados: três romances de Henry Miller e um de Annais Nin. Apesar de ser um engenheiro de minas com certo sucesso profissional, Nicolau fora sempre a ovelha negra da família. Tornara-se um *bon vivant* e atravessara, na juventude, períodos conturbados.

Os livros mostravam sinais de terem sido bastante folheados. Homero leu-os em poucos dias, com uma espécie de fervor que rasava o misticismo. Quando pousou na secretária o "Plexus", era um homem diferente. Parecia-lhe que vivera, até então, de olhos vendados.

Com o tempo, Homero Vilas Boas foi aperfeiçoando o seu conhecimento da grande e da pequena literatura erótica. Lia o que encontrava nas livrarias, sem se preocupar com datas nem com estilos. Comprou "A história de O", de Pauline Réage e o "Decameron", de Boccaccio, mais ou menos na mesma altura em que lhe chegou às mãos uma cópia poligrafada das aventuras do "Menino Reboredo". Entusiasmou-se com "O amante de Lady Chatterley", de D. H. Lawrence, para considerar, meses depois, que o Marquês de Sade era um dos escritores mais talentosos de todos os tempos. "O sofá", de Crebillon e as "Relações perigosas", de

Laclos, acompanharam-no, na mesinha de cabeceira, durante semanas.

Às tantas, deixou crescer o sonho de se tornar ele próprio escritor. Precisava, primeiro, de estudar. Ao que sabia, a escrita, em Portugal, não alimentava os autores. Era indispensável aprender uma profissão que lhe assegurasse, além do pão nosso de cada dia, dinheiro para os livros, os fatos e as idas ao teatro.

Ao saber que ficara livre do serviço militar, Vilas Boas quase agradeceu aos deuses a pequena sequela de poliomielite que o obrigava a usar um tacão mais alto no sapato esquerdo para não coxear. Enquanto os outros marcavam passo e corriam riscos consideráveis, ele ganhava três anos de vida profissional. As raparigas também se adiantavam nas carreiras, mas perdiam essa vantagem com as gestações.

Fora agraciado com uma imaginação pouco comum. Em vez de se vangloriar, queixava-se dela. Dizia à Filomena, com quem namorava há mais de um ano:

– Calhou-te gostar de um rapaz estranho. Se te

parecer que, de repente, me distraio e pareço ausente, não te preocupes. Vou atrás dos meus pensamentos e chego a percorrer caminhos que não conheço e que, se calhar, nem existem. Volto sempre ao meu lugar. Quando aterro, vejo-te e sei que te quero bem.

Conhecera-a na Universidade. A moça estudava História.

Dois dias de verão passados juntos na Praia de Mira tinham chegado para se apaixonarem. Ela tinha um rosto banal e um corpo bem feitinho.

Acabaram por casar.

Filomena era moça sensata e estranhava as peculiaridades do namorado. Contudo, ele era um rapaz promissor. Toda a gente lhe reconhecia a inteligência e não lhe faltavam qualidades de trabalho. Com o tempo, aprenderia a controlar a imaginação.

A NAMORADA DE HENRY MILLER

Conhecemos já as primeiras páginas do livro novo de Homero Vilas Boas. Sigamos a progressão da sua escrita.

Sentei-me de novo à secretária de pau-santo em que apresentei Lorena, algumas páginas atrás. Chega-me a sensação estranha de me estar a deixar envolver no enredo.

Sinto necessidade de clarificar posições.

Conhecem o meu nome. Fui, em tempos, advogado. Nunca gostei da minha profissão. Há muita gente assim. Poucos conseguem voltar atrás. Eu tive sorte. Deixei o cartório, quando os livros que escrevi começaram a dar algum dinheiro. Não sou rico, mas contento-me com pouco. Pouca gente conhece o doutor Vilas Boas mas há bastantes leitores que compram os romances de John

Marcuse.

Vou nos cinquenta e seis anos e sou vagamente casado com a Filomena. Vagamente, como? Eu explico. Moramos na mesma casa e temos finanças em comum. No entanto, dormimos em quartos separados e raramente almoçamos juntos. Encontramo-nos habitualmente ao jantar. Vemos o telejornal a meias e falamos dos assuntos do dia. Não nos damos bem, nem mal. Apetecia-me dizer que nem nos damos. Felizmente, não temos filhos. Dantes, chegaram a fazer-me falta. Atualmente, acho melhor que seja assim.

Com alguma frequência, elaboro esquemas antes de iniciar uma obra. Desta vez, não aconteceu desse modo. Comecei a escrever sem fazer uma ideia clara do que viria a seguir. Após alguma hesitação, chamei "A namorada de Henry Miller" ao meu livro novo. Escorreguei outra vez para um mundo erótico.

Já sei onde alicerçar os primeiros capítulos. As duas cenas inicialmente criadas irão suportar parte do enredo. Por enquanto, defini apenas uma personagem. Oscilará entre um quadro e outro. Ainda não está perfeitamente *delineada. Parece um tanto irreal e cheia de contradições. No entanto, já manda nela e até um pouco em mim. Irá sendo retocada. Tenho, porém, pouca esperança de a controlar e não estou certo de querer fazê-lo. Amará os homens que quiser e não os que eu lhe sugerir.*

Será, em boa parte, a Lorena, a inventar a trama de um livro a que, abusivamente chamarei meu. Talvez ela venha a exigir, um dia, metade dos direitos de autor.

Essa mulher estranha mora numa casa demasiado grande. Além do seu, dispõe de mais três quartos de dormir. Existia ainda outro, mas foi adaptado a biblioteca. Está quase sempre fechado. Lorena não é mulher que desperdice muito tempo na leitura.

Cada quarto tem o seu inquilino imaginário. Não pagam renda, o que não os impede de desfrutar de certas mordomias, como casa de banho privativa, loção de barba pessoal e desodorizante ou água-de-colónia de marca específica. Lorena trata tão bem os hóspedes que nem sequer esquece as músicas que cada um prefere. Vai-se deitando com todos, à vez.

Se entra no primeiro quarto, vai nua e chega a mas-

turbar-se com os dedos. O ocupante já conheceu dias melhores, em matéria de sexo.

No aposento número dois, vai de calcinhas e soutien, preparada para a lide. Os hóspedes daquele quarto são sempre bem dotados fisicamente e têm grande apetite sexual.

Quando calha a vez do terceiro, que é mais velho e convencional e gosta de a despir peça a peça, enverga um vestido de noite e põe ao pescoço um colar de pérolas autênticas.

Os compartimentos não têm números acima das portas, mas é como se os tivessem. Cada hóspede tem direito a duas visitas semanais. Lorena cumpre a disciplina dos polígamos. Aprendeu-a num livro que relatava costumes ancestrais do sul de Angola. Conhece a palavra poliandria, mas dá-lhe pouco valor. Divide equitativamente os seus favores, procurando que nenhum dos seus amantes se sinta ofendido ou discriminado.

Aos domingos, dorme sozinha e em sossego. Nem sequer a visitam os sonhos eróticos das virgens.

De vez em quando, aquela mulher estranha e bela

substitui os inquilinos imaginários dos seus quartos. Geralmente, troca-os um a um. Ocasionalmente passa-lhe qualquer coisa má pela cabeça e manda-os todos embora de uma vez. Depois, vai admitindo novos, aos poucos. Ignoro se algum já saiu e voltou a entrar.

Ainda não entendi como é que ela selecciona os parceiros. Importarão, como para toda a gente, o aspeto físico e os modos. Procurei um padrão comum àqueles de que tenho notícia e não o encontrei. Lorena parece apreciar a diversidade.

Digo isto com conhecimento limitado dos factos, pois a minha criatura ainda não me apresentou qualquer amante. Limito-me a espreitar disfarçadamente o espírito desta personagem que vai ditando o enredo do meu livro. Tenho a sensação de que eu próprio vou mudando à medida que as linhas preenchem o papel. Estarei a aprender a olhar pelos olhos dela.

Tanto as idades como o aspeto físico dos seus eleitos variam. Chegou a meter no quarto número dois um cigano magro de gestos lentos e língua afiada, mas não o deixou ficar lá durante muito tempo. Ele pretendia a exclusividade dos seus favores, o que era obviamente demais para a natureza da hospedeira.

Já passaram por ali um australiano louro, um negro angolano e um mulato de Cabo Verde, o que demonstra que a mulher não tem preconceitos rácicos nem se preocupa com as nacionalidades dos amantes. Dos três, o mulato foi quem se aguentou mais tempo.

O que aprendi até agora sobre os seus gostos permite-me afirmar que Lorena tem um fraco por rapazes altos, de músculos bicípites e abdominais bem desenvolvidos. No entanto, não é esquisita. Um bêbado gordo ocupou-lhe o quarto número um durante meses. Na tentativa de o regenerar, a minha criatura habituou-se a beber com ele. Chegava a ingerir dois ou três gins tónicos por noite. De vez em quando, dava-lhe para os "Cuba Livre". Esteve perto de se tornar alcoólica.

O bêbado partiu, mas a Lorena não aprendeu grande coisa com a experiência. Já lá meteu outro. Sentirá a falta de alguém a quem proteger.

Se existissem mais quartos na habitação, estariam provavelmente ocupados. Haveria que ratear os dias, já que Lorena se contenta com seis sessões lascivas por semana. O domingo, para ela, é dia de repouso.

A comida e o cuidar da roupa dos homens que abriga não sobrecarregam os braços nem as costas da minha criatura. Entre as diversas vantagens dos seres imaginados contam-se a de não se alimentarem ou comerem longe, a de não urinarem nem defecarem e a raridade com que se sujam. Existem outras, não menos importantes: o feitio de cada um pode ser modificado à nossa vontade, tal com as suas características físicas.

Depois, se algum se tornar demasiado desagradável, bastará ignorá-lo para que regresse ao limbo de onde o trouxemos. Os direitos dos personagens de romance não estão consignados em qualquer constituição.

LAURA

Desde que se instalou em Setúbal, Homero Vilas Boas movimenta-se entre a realidade e a ficção. Sigamo-lo.

Dei por mim a pedir auxílio à prima mais nova da minha mulher.
– Laura! Comecei outro romance e preciso de ajuda.
– Mas eu não escrevo tão bem como tu, nem mais ou menos!
– Não é preciso escreveres. Quero é que me emprestes um pouco de sensibilidade feminina. Sou uma pessoa vivida, mas não sei olhar o mundo como as mulheres o fazem. Estava a pensar pedir-te que traçasses um esquema do género de homem que te agrada. O tipo físico, o formato do rosto, os olhos, essas coisas assim. Repara que

não me refiro ao amor romântico. Não pretendo que descrevas o rapaz com quem te quererias casar, mas aquele com quem mais gostarias de ir para a cama.

– Pode calhar ser o mesmo...

– Claro que pode, mas não é muito provável que assim seja. Fizeste-me lembrar as eleições. O perfil dos candidatos mais propensos a ser eleitos não coincide necessariamente com as exigências do desempenho dos cargos. Dito doutra maneira: há bons governantes que são péssimos candidatos e excelentes candidatos que nunca saberão governar.

– Continuas a gostar de fazer discursos. Pensei que estavas interessado em saber o que pensam as mulheres antes de compartilharem os lençóis.

– Vejo que és atrevida. Ainda bem...É que eu pretendia outras coisas... Dava jeito que me contasses o que te agrada mais no sexo.

– Olha lá! Não estarás a tentar invadir a minha privacidade? Ou a meteres-te comigo?

– Então. Laura... Não tenho idade para querer namorar contigo. E não te esqueças que sou teu primo.

― *Por afinidade...*

― *Bem... Vou fazer uma declaração formal: não me estou a bater a ti! Ajudas-me ou não?*

― *Não sei se serei capaz...*

― *És, com certeza. Uma coisa: esqueci-me de dizer que é um romance erótico.*

― *Ainda por cima! Chegaste à crise da meia-idade?*

― *Já a ultrapassei. E não será preciso entrares em pormenores. Em geral, hão de bastar-me apreciações genéricas. Há que ter em conta fatores como a idade, a educação e a cultura, ou a falta dela. Depois, haverá duas ou três qualidades que consideres indispensáveis, alguns defeitos que sejas capaz de tolerar e outros que te pareçam imperdoáveis. Isso e mais coisas que não me ocorrem, de momento.*

― *Até aí, não vejo nada de comprometedor.*

― *Pois, mas não é só isso. Preciso saber o que é que as mulheres apreciam mais num homem, tanto à primeira vista como mais tarde. O aspeto físico há de contar muito, pelo menos de início...*

― *E depois também... Mas as mulheres não têm*

todas os mesmo gostos.

– Eu sei... Não ando à procura de estatísticas. Estou a pedir a tua opinião pessoal.

– A questão posta desse modo não parece complicada...

– Ainda não disse tudo. Queria conhecer alguns segredos daqueles que vocês não contam ao confessor nem ao psiquiatra. As tuas fantasias eróticas...

– Não sejas atrevido!

– Não quero ser atrevido demais, mas pretendo escrever um romance autêntico. Para haver autenticidade, é indispensável o conhecimento. Não te ofendas, que a intenção está longe de ser essa, mas queria ouvir coisas de que as mulheres não costumam falar, a não ser umas com as outras. Os músculos masculinos que gostam mais de ver e de palpar, as carícias que apreciam antes do sexo...

– É melhor parares aí, antes de entrares no campo da ordinarice!

– A ordinarice é um modo vulgar de abordar assuntos sensíveis. Eu tenciono fazê-lo com a elevação possível.

Se resolveres mesmo ajudar-me, teremos de ir um pouco mais longe. Por exemplo: que importância tem para ti o tamanho e o aspeto do pénis do teu companheiro?

– Não achas que estás a exagerar?

– Não, se isso for relevante para a maneira como aprecias um homem. E pode ser que me venha a lembrar de mais coisas.

– Hum... E por que é que não pedes ajuda a outra pessoa?

– A quem?

– A uma namorada...

– Já não tenho namoradas. Olha bem para mim. Os anos não perdoam!

– Acho que entendi. Estás a evoluir da prática para a teoria. Não costuma ser ao contrário?

– Será, mas acho que isso tem pouco interesse agora. Afinal, ajudas-me ou não?

– Vou pensar nisso...

– Espero que a tua resposta seja um sim, ou esteja perto de o ser. Depois, dou-te um brinde.

– Vai ser um exemplar autografado do teu livro

ordinário?

— Não. Vou apresentar-te a Lorena.

— Lorena? Quem é?

— Não passa de uma personagem de romance. Vou-me servir da tua imagem para construir a figura principal da minha história. Não serás tu, mas há de ser alguém fisicamente parecido contigo. O caráter da Lorena será muito diferente do teu. Se a descrição me sair vem, farás dela uma ideia muito aproximada.

— E aonde é que foste buscar esse nome?

— A uma fantasia da adolescência. Naquele tempo, não sabia que a Alsácia Lorena era uma região da Europa.

— E se descobrem que sou eu?

— Em primeiro lugar, tu não és a Lorena. No modo de ser, até tens pouco a ver com ela. Depois, não vêm fotografias no livro. Os retratos feitos com palavras são muito menos específicos que os pintados. Ninguém será capaz de te reconhecer, a não ser que tu andes para aí a badalar. Nessas coisas, as melhores amigas são as piores. Fazer uma confidência a uma delas é o mesmo que anunciar a

história no Facebook.

– Espero, ao menos, que a tua heroína se comporte bem.

– Não é coisa que eu possa garantir, num livro como este. Olha! Tenho aqui o pouco que escrevi até agora. O texto está verde e terá de ser melhorado, mas já transmite uma ideia do que pretendo fazer.

Entreguei-lhe as folhas de papel impressas. Dobrou-as e meteu-as na malinha de mão.

– Tenho curiosidade de ver como pegas no assunto. Depois, telefono-te.

– Ciao!

Uma semana depois, telefonei à Laura. O ruído de fundo era o de muita gente a falar. A moça estava num café.

– Dei-te a ler as páginas iniciais do meu livro novo. Não é certo que figurem no começo, mas foram as primeiras que escrevi. Que achas do texto?

– Nem sei que te diga... É claro que gosto de ver a minha cara desenhada com pinceladas favoráveis no primeiro quadro. O segundo já não me agrada tanto. O rosto da mulher só se deixa ver no fim, na altura do orgasmo. A tua personagem é ninfomaníaca?

– Nem eu sei ao certo. O meu projeto é delinear uma mulher sensual e desinibida, mas saudável de corpo e alma.

– Quando ao corpo, não sei por quê, acho que se não parece com o meu.

– Era aí que eu queria chegar. Julgo que falta autenticidade a estas cenas.

– Tencionas reescrevê-las?

– Receio que isso adiante pouco. Acho que preciso de um modelo vivo à minha frente.

– A Internet está cheia de fotografias de mulheres nuas...

– Não é a mesma coisa! Pelo menos para mim. Tenho as minhas limitações. Para as superar, neste caso, precisava de um modelo de carne e osso. Calhou escolher-te.

– Estás a pedir à prima da tua mulher que se dispa para te servir de modelo?

– Eu não seria capaz de pedir tanto.

– Mas aceitavas uma oferta?

– Claro!

– Hipócrita!

– Vais, ao menos, ponderar essa possibilidade?

Imaginei que Laura me olhava com aqueles olhos luminosos que chegavam a ofuscar. O telemóvel, por enquanto, ainda não estava tão avançado.

– Vou pensar no assunto, mas confesso que me sinto inclinada a dizer-te que sim. Receio é que a coisa resvale para outro lado. Ficas insensível quando vez uma pequena despida? És capaz de te dominares e de te portares bem?

– Insensível não fico. Sabes que te considero uma mulher atraente, não bonita demais, mas bastante bonita. Claro que sou capaz de me controlar. Lembra-te que já conto muitos anos.

– Continuas a ter um ar malandreco...

– Isso é impressão tua. Há mais uma coisa. Eu não sou capaz de escrever assim tão depressa, nem te vou fazer estar horas seguidas nua, a apanhar frio. Será preciso tirar algumas fotografias.

– Isso não é perigoso?

– Terei de ter cuidado. As imagens não ficarão na máquina nem no computador. Tenciono guardá-las numa pen. É fácil de esconder.

– E de roubar, ou de se perder...

– Não deixarei que isso aconteça. Depois, as fotos não serão necessárias durante muitos dias. Logo que o texto fique razoável, apago-as. Se permitires, irei conservar algumas em que não se veja a tua cara.

– Não sei o que pensar desse teu projeto. Eu não sou santa, nem quero armar em virgem, mas faz-me certa confusão despir-me em frente de um homem vestido e de máquina fotográfica na mão.

– Queres que me dispa também?

– Não sejas ordinário. Se te disser que sim, terei de vencer o meu acanhamento. Não estou certa de ser capaz de o fazer.

Combinámos que viesse ter comigo enquanto a minha mulher estivesse a dar aulas. A quarta-feira era um dia bom. A mulher-a-dias não vinha. Pedi-lhe que não usasse perfume. Deixa sempre um rastro indiscreto.

Quem conhece a minha casa, sabe que a emprestei à Lorena para o livro. Quanto ao confessionário, guardo-o na quinta. Iremos lá noutra ocasião.

Tenho uma máquina fotográfica digital de boa marca. Se a colocar em regulação automática, dificilmente falho uma foto. Quem quiser ir mais longe na arte terá que adquirir mais conhecimentos.

A Laura tocou à campainha. Abri-lhe a porta e guiei-a, escada acima até ao meu escritório. Ela já o conhecia.

As janelas abertas davam iluminação suficiente, sem permitirem que fôssemos vistos de fora. Eu calculava que ninguém daria pelos disparos do flash, se a máquina entendesse precisar deles.

Sentíamos ambos embaraçados. Não admirava. Tratava-se de uma experiência inédita para os dois.

Tentámos conversar, mas as palavras soavam a falso. Não ultrapassávamos as banalidades.

Minutos depois de ter entrado, a Laura ensaiou uma fuga para a frente.

– Bem! Se tenho mesmo de me despir, é melhor come-

çar já.

Dito isso, começou a desapertar os botões da blusa. Eu peguei atabalhoadamente na máquina fotográfica.

Quando ela pendurou a blusa numa cadeira, pedi-lhe:

– Espera um instante.

Tirei a primeira fotografia.

Despiu as calças de ganga, dobrou-as e estendeu-as nas costas da cadeira. Tinha um corpo magnífico. As coxas eram compridas e as pernas lindamente torneadas. Trouxera uma roupa interior cor-de-rosa rendada. O soutien empinava-lhe ligeiramente os seios. Acionei o disparador da máquina mais duas ou três vezes.

Aguardei que prosseguisse, mas a Laura parou. Estaria a juntar coragem para continuar.

– Então, rapariga! – Animei-a. – Vais ficar a meio do caminho?

Era o empurrão de que ela necessitava. Desapertou o soutien e colocou-o na mesma cadeira. Admirei-me do modo como ela alcançava bem o fecho com as mãos atrás das costas. Eu achava há muito que, se fosse mulher, escolheria peças de roupa que abrissem e fechassem pela frente.

Tinha uns seios pequenos e bonitos com mamilos rosados e aréolas um pouco mais escuras. Imaginei que fossem rijos. Pareceu-me que já os conhecia de sonhos, sem saber quem era a dona deles.

Fui tirando fotografias.

Não hesitou antes de tirar as cuequitas. Já nua, virou-se para mim com ar desafiador.

– Aqui me tens despida. Espero que te despaches a fazer a tua parte.

– Está bem. Vou tentar imitar um profissional. Roda um pouco para a direita. Agora para a esquerda. Coloca um pé adiante do outro. Muito bem! Põe as mãos atrás do pescoço. Agora, cruzadas sobre o púbis.

Ora aproximava, ora afastava a imagem com a lente. Levantava-me e baixava-me, para escrutinar aquele corpo encantador. As nádegas não tinham marcas de celulite. Eu ia fotografando obcecadamente.

Era altura de a sentar à secretária.

–Vai para ali e põe os meus óculos. Verás pouco com

eles, mas não faz mal. Finge que estás a examinar o conteúdo dessas páginas. Leste o meu texto. É como se fosse um guião.

E pronto! Estava ali a imagem perfeita que eu concebera. Uma bela executiva estudava a matéria que iria abordar, nua e descontraída, como se não houvesse ninguém por perto. Fiz todos os disparos que me pareceram úteis. No fim, disse-lhe:

– Senta-te agora ali – e indiquei-lhe o sofá de couro com orelhas.

– Isto não estava no guião.

Era a primeira frase que soltava desde que se despira.

– Às vezes, é preciso improvisar.

A posição acentuava-as dobras da pele na barriga magra. Não tinha sugilações. Talvez viesse a tê-las na primeira gravidez.

– Vamos colher uma pose abandalhada. Levanta uma perna e coloca-a em cima do braço da cadeira.

Para alguma surpresa minha obedeceu prontamente, expondo o sexo. Percebi então que o jogo que jo-

gávamos estava a entrar numa fase adiantada. Surpreendi-me ao escutar o som da minha própria voz.

– Levanta-te. Vamos fazer uma fotografia erótica.

Segurei-lhe um mamilo entre os dedos polegar e indicador da mão esquerda e rodei-o suavemente. Senti-o endurecer, enquanto fotografava.

– Agora, vamos fazer uma pequena mudança...

Agarrei-lhe o seio com a mão toda e continuei a fotografar.

A partir desse momento, a situação ficou fora de controlo.

HOMERO NA GUARDA

Depois de se formar, Vilas Boas abriu escritório na Guarda. Aos poucos, foi granjeando clientes.

Hesitara, antes de escolher a terra onde se instalar.

Moncorvo, onde situava as raízes, ficava mais perto de Vila Real do que de Bragança ou da Guarda. No entanto, depois de escutar opiniões de amigos e conhecidos e de ter feito visitas curtas a várias capitais de distrito, o jovem licenciado optara pela cidade dos "efes".

A consoante tinha conotações distintas conforme as situações e as bocas de que provinha. Chamavam-lhe Forte, Fiel e Fria, mas havia muitos que a apelidavam de Feia.

Pareciam estar ali reunidas condições propícias à

instalação de um advogado provido da bagagem técnica essencial mas sem experiência do ofício.

Por outro lado, o afastamento de Torre de Moncorvo dava-lhe jeito. Após a morte dos pais, as partilhas tinham sido conflituosas, como acontece a muitas boas famílias quando é preciso dividir teres e haveres. O irmão e a irmã aliaram-se contra ele. Acusavam-no de ter abusado da sua ciência jurídica para obter vantagens indevidas.

Verdade ou não, ficou sem apoios na terra natal. Amigos, tinha lá poucos. A gente da sua criação emigrara para França ou fixara-se em povoações do litoral. O interior do país esvaziava-se.

Homero vendeu as propriedades herdadas e comprou um andar na Guarda. Raramente voltava a Moncorvo. Confiara certo dia à Filomena, ao mostrar-lhe a casa onde nascera e de que a família se desfizera:

– Esta era a mansão dos Vilas Boas. Agora, pertence a um emigrante qualquer. Sou daqui, mas cortei as raízes. A nossa terra é aquela ode nos sentimos bem.

Seria parte da verdade. Lá no fundo, Homero achava que perdera mais do que ganhara. Os irmãos, agora, detestavam-no. Não conhecia os sobrinhos. Por arrimo, tinha apenas a Filomena. De outro modo, estaria sozinho no mundo.

O casamento não lhes trouxe grandes alegrias em termos de sexo. A Filomena via os jogos de cama mais como obrigação do que como fonte de prazer. Há mulheres e homens assim. Poucos encontram parceiros compatíveis.

Ele e a esposa não tiveram filhos. Consultaram ambos os médicos adequados. O defeito era do macho e não tinha solução.

Ela ainda pensou adotar um menino do Orfanato, mas o marido não esteve de acordo.

– Mais tarde ou mais cedo – dizia ele – vais descobrir que meteste um estranho em casa.

Filomena acabara por se conformar embora, por vezes, tivesse de esconder ataques de choro.

No campo profissional, as coisas corriam bem

melhor. O escritório de advogado que Homero Vilas Boas abrira num dos largos centrais da cidade foi conhecendo algum sucesso. O jurista tornou-se conhecido pelas tiradas teatrais que ajudavam, em processos-crime, a inocentar os arguidos que defendia. Quando retratados pela sua voz, até os criminosos mais contumazes pareciam vítimas da sociedade e do destino. Eram quase anjos sem asas e sem escolhas, levados pela fome e pela ausência de alternativas a trilhar caminhos marginais,

— Vejam como este pobre homem está arrependido do mal que fez!

Apareciam lágrimas nos olhos de algumas senhoras da assistência.

Os processos de natureza criminal davam pouco dinheiro, mas faziam crescer a fama do causídico. A dada altura, já se podia dar ao luxo de selecionar clientes.

Com o sucesso, estranhamente, chegou o tédio. Homero nunca pretendera verdadeiramente ser advogado. Fartou-se do Direito e começou a escrever. Por essa altura, de tão lidos, os livros que o tio lhe dera haviam já perdido capas e umas tantas folhas. Existiam edições novas, mas ele apegara-se teimosamente àqueles exemplares gastos. Era como se lhe custasse pôr de lado uma amante envelhecida.

Quando foi capaz de completar a primeira novela, abordou timidamente um editor de que alguém lhe falara. O homem tinha olho para o negócio e descobriu ali um filão potencial. John Marcuse deu-se a conhecer ao grande público. Com esse pseudónimo, Homero escreveu e fez publicar diversos livros que conheceram apreciáveis êxitos de venda.

Durante algum tempo acumulou as duas profissões, embora tivesse passado a ser menos assíduo ao escritório. As obras foram-se sucedendo umas às outras, com excelente aceitação de parte dos leitores. Tratava-se, aliás, de leitores especiais. Tudo o que Homero escrevia girava à volta de sexo. Os críticos, que ainda os havia, não o tinham em grande conta. Para agradar aos admiradores, John Marcuse foi fazendo algumas concessões sem chegar, todavia, a banalizar a escrita.

Ao entender que era capaz de viver confortavelmente dos direitos de autor, deu-se ao luxo de encerrar o escritório de advogado. Ele, que nascera e residira boa parte da sua vida no interior do país, alimentava o sonho de viver perto do mar. Mudou-se, com a esposa, para Setúbal, e alugou uma moradia velha no Bairro Salgado. Os vizinhos estranharam que, sendo apenas ele e a mulher, precisassem duma casa tão grande.

No campo das escolhas políticas, Homero Vilas Boas mantinha-se indeciso. Via que o Estado Novo perdera o fôlego e não tardaria a agonizar, mas receava as ideologias de esquerda que se tinham tornado populares na academia de Coimbra. Continuava a esperar que o tempo o ajudasse a decidir-se.

O tempo fez mais do que isso. Aconteceu o 25 de Abril e a democracia apareceu-lhe servida numa bandeja, sem que ele tivesse mexido um dedo para a merecer. Acabou por se filiar no CDS.

LAURA E HOMERO

Já nos habituámos a espreitar a escrita do doutor Homero Vilas Boas. Como constataram, não é um homem comum.

O caldo estava entornado e o meu livro perigava. A situação deixara de estar sob controlo.

Aquela relação não podia durar. Eu tinha quase o dobro da idade da Laura. Mais tarde ou mais cedo, ela acabaria de se fartar de mim e de procurar um companheiro compatível.

Interroguei-me. Seria que eu tinha armado uma esparrela à rapariga? Teria arquitetado a cena da secretária para servir de engodo, apelando à colaboração da jovem prima da minha mulher para a colocar em posição favorável aos meus intentos?

Depois de pensar um pouco, achei que sim e que não. A minha prioridade era, e continua a ser, escrever um livro de cariz erótico de boa qualidade.

Eu e a Laura sempre nos tínhamos dado bem. Ela não tinha companheiro certo. Três ou quatro anos atrás, apaixonara-se por um brasileiro. Abandonara o curso de Germânicas, que ia já perto do fim e seguira-o para Minas Gerais.

A experiência não dera certo e a Laura regressara, ao cabo de dois anos, um tanto amargurada, mas decidida a não cometer erros semelhantes. Voltara à Faculdade. Embora tivesse perdido o ritmo de estudo e fizesse as cadeiras numa cadência mais lenta, estava prestes a concluir o mestrado.

A eventual colaboração da Laura no meu livro parecera-me poder vir a ser preciosa, a vários títulos. Por um lado, era-me mais fácil descrever um corpo de mulher se a tivesse frente aos olhos. Por outro, alimentava esperanças de vir a recolher da moça informações sobre aspetos da sensualidade feminina quase despercebidos pelos homens. Pretendia conhecer condições que a excitavam ou inibiam, os produtos da sua imaginação, eu sei lá...

Sabia que assumia um risco ao pedir-lhe aquele tipo de ajuda, mas não me preocupei demasiado com isso. Éramos ambos adultos responsáveis e havíamos de estar à altura de qualquer situação em que nos pudéssemos envolver.

Dera já os primeiros passos. A cena da secretária poderia agora ser reescrita com outro realismo. Iria seguir-se a do confessionário. Eram, para mim, balizas entre as quais se movimentariam o corpo e a alma da Matilde/Lorena.

Achei que seria fácil convencer a Laura a acompanhar-me à quinta. O pretexto de ver as fotografias editadas tornara-se quase dispensável.

Passei, ainda assim, um par de horas a trabalhá-las. A Laura era fotogénica e eu registara dezenas de imagens. Umas tantas haviam ficado desfocadas devido aos movimentos. Em algumas, parecia invulgarmente bela e cativante. Telefonei-lhe.

– As fotos estão prontas, anunciei.

– Que vergonha... Ao menos ficaram bem?

— Acho que saíste beneficiada.

— Antipático!

— Quando é que as queres ver?

— Terça à tarde não tenho aulas. Nem terça, nem quarta.

— Terça para mim, está bem.

— Vou ter a tua casa?

— Não. A mulher-a-dias está cá.

— Então? Não vais levar o computador com as minhas fotografias para o café...

— Não. Vamos à quinta. Aproveito para te fotografar no confessionário.

Houve uma pausa do outro lado. Laura acabou por desabafar:

— Em que é que eu me fui meter...

Nessa noite, tive um sonho estranho que me deixou um tanto confuso. Aconteceu uma espécie de iluminação interior. Eu e a Laura partilhávamos uma porção ínfima da culpa dos acontecimentos daquela semana. Fora a Lorena quem puxara os cordelinhos, como se fôssemos fantoches, e nos colocara naquela situação. Angustiei-me.

Até que ponto é que uma criatura literária será capaz de comandar a vida do escritor?

FILOMENA

Continuemos a espreitar os apontamentos do livro que Homero Vilas Boas anda a escrever.

Chega a parecer-me estranho partilharmos o mesmo espaço, sem nos chocarmos, eu, a minha mulher e aquela pessoa inventada.

Janto sempre com a Filomena. Em geral, almoço sozinho. Uma vez por outra, vou a um restaurante com um grupo de amigos. Não tenho muitos, de modo que somos quase sempre os mesmos à mesa. Alguns são fanáticos da Académica. Eu ligo pouco Ao futebol. Quando a conversa se prende à bola, calo-me e finjo escutar. A imaginação permite-me dar pulos grandes e afastar-me dali.

Às vezes, os saltos falham. As ideias tropeçam e caem perto. Dá-me, então, para pensar na minha vida.

A Filomena não imagina que meti outra mulher em casa. Não a suportaria, mesmo se soubesse que ela não tinha existência física. A Lorena movimenta-se numa realidade paralela. A questão é que, para mim, essa vale tanto quanto a outra.

Habitamos os três sob o mesmo teto. Os três, mais os hóspedes da Lorena.

E se a Filomena fosse ao meu gabinete espreitar o que escrevo?

Aconteceria uma tempestade no nosso relacionamento. Talvez desse jeito, para sacudir a monotonia. Não! É coisa que não fará. Não aprecia os meus livros. Leu parte do primeiro e não gostou.

Não nos damos bem, nem mal. Não me lembro de uma discussão séria no passar dos últimos anos.

O nosso casamento abre fendas por todos os lados. Julgo que a Filomena se fartou de mim há muito tempo.

– Só queres saber da tua escrita – acusa-me. – Colaboras pouco nos assuntos da casa.

Eu podia responder-lhe que esperara, durante anos, que ela se interessasse pelo meu trabalho.

Não tenho filhos. De certo modo, os livros substituem-nos.

Quanto a ela, queixa-se de dor de cabeça com demasiada frequência. Há muito que dormimos em camas separadas. Uma das razões será eu gostar de escrever de noite e ela ter de se levantar cedo para estar a horas no liceu. Estará longe de ser a única. Às vezes penso que não me deixa apenas por não ter para onde ir.

Eu moro com os meus livros. A imaginação acompanha-me, mais do que qualquer pessoa.

Cada um de nós vive a sua vida. É interessante verificar a distância que se pode intrometer na proximidade.

LORENA

Terão reparado que Homero Vilas Boas escreve como se também fosse personagem da novela que vai criando. Mostra-se, pelo menos, um observador muito chegado. Por vezes, trata de si próprio como se falasse de outrem. Poderá estar a fingir. Convido os leitores a usar de prudência na leitura. Escritores e poetas nem sempre sentem o que dizem, ou dizem o que sentem.

O quarto número dois da casa da Lorena era ocupado há várias semanas por um moçambicano de fronteiras perdidas. Teria sangue negro, indiano e português. O ADN europeu predominava, pois tinha a tez clara.

Não dizia de onde vinha, nem para onde tencionava ir, o que excitava a Lorena, que apreciava os jogos de acaso. Era um homem disposto a contentar-se com pouco ou com muito, conforme o destino determinasse. Não demonstrava grande vontade de se esforçar para melhorar o futuro.

Apesar de ele conservar a janela geralmente aberta, o aposento cheirava a charros e a perfume Padjoli. Ocasionalmente, notava-se o odor ao caril que o mestiço preparava no fogareiro quando as saudades da terra o atormentavam.

Chamava-se Moacir e rondaria os quarenta anos. Era um dos poucos hóspedes que Lorena tratava pelo nome próprio. Possuía uma viola e tocava menos mal. Repetia, vezes sem fim, o tema musical de "Emmanuelle", apesar de a Sylvia Kristel, se ainda fosse viva, ter idade para ser sua mãe, ou até sua avó.

Tratava-se de um homem de carnes secas e feições vulgares. A sua única característica especial era o tamanho desmesurado do pénis. Na cama dele, Lorena mostrava-se submissa. A capacidade camaleónica daquela mulher, capaz de se adaptar às características de cada amante continuava a surpreender-me. Ajeitava-se a quase todas as formas de sexo que o companheiro de ocasião tivesse na ideia e, por vezes, parecia ficar à espera de coisas novas. Nunca permitira, porém, que Moacir lhe penetrasse o ânus. Receava que isso viesse a ter efeitos devastadores na sua anatomia e até na sua alma.

Às vezes, dou comigo a estabelecer com a Lorena conversas imaginárias. Não sei de outros escritores que se ponham a dialogar com os personagens que inventam, mas eu sou assim e não vejo razões para mudar. Perguntei-lhe:

– O que é que pensas de ti própria?

Não respondeu de imediato. Teria necessidade de refletir. Lá desabafou:

– Nem eu me entendo bem. Independentemente do que os outros pensem sobre mim, sei que sou uma mulher normal. Exploro a minha sensualidade e procuro experimentar todas as formas de gozo. Acho que nasci para o prazer. No entanto, aceito os meus limites.

Interrompeu-se, sem dizer quais eram, e olhou-me.

– Foste tu que me fizeste assim.

– E não me agradeces?

– Achas que o deveria fazer?

– Pareces-me feliz com o que te dei.

– Sim... Até certo ponto.

Nunca lhe tinha visto aquela sombra de tristeza no olhar. Pareceu-me que as pupilas se lhe fizeram cinzentas.

– No entanto – continuou *– não me deixaste escolher. Decidiste o meu destino por um impulso de momento, sem te preocupares com os meus sentimentos.*

– Estimo-te!

– Acredito. Julgo mesmo que tens um certo orgulho em mim. No entanto, as coisas podiam ter corrido de outra forma.

Fiquei a pensar no que a Lorena me disse.

Nessa noite, custou-me adormecer. Tomei consciência de que a colocara no mundo sem pais, sem irmãos e sem um amor verdadeiro. Não tinha memórias, ou tinha poucas, e não teria futuro para além da última página do livro.

Isto de escrever tem que se lhe diga. De vez em quando, distraímo-nos e lá estamos nós a brincar aos deuses.

O QUARTO NÚMERO UM

O doutor Vilas Boas não nos larga. Ou seremos nós que não o largamos? Continuemos a seguir o seu relato.

Acompanhei Lorena, em pensamento, numa visita ao quarto número um.
O meu espírito organizado deveria ter-me feito começar por ele, mas não calhou assim.
Depois de saber do moçambicano que gostava de caril, enchi-me de curiosidade pelos ocupantes dos restantes aposentos.
Devo esclarecer um detalhe que poderá causar alguma confusão no espírito dos leitores mais atentos. É certo que a Matilde/Lorena é criação minha. Não existia, antes que a imaginasse e depois a plantasse no papel.

Conferi-lhe, contudo, autonomia de pensamento e bastante imaginação. Acho mesmo que exagerei na dose de imaginação com que a brindei. Quem convida e governa os hóspedes é ela. Eu pouco tenho a ver com isso. Para mim, são estranhos. Se participei na sua elaboração, fi-lo distraidamente e depressa me esqueci deles. Dito de outro modo: não assumo a paternidade desses figurantes. Têm apenas mãe.

Sei que esta afirmação me serviria de pouco, se tivesse de enfrentar um juiz. Todavia, é pouco provável que algum personagem deste livro cometa um crime. Mesmo que o venha a fazer, a partilha de responsabilidades entre o escritor e as figuras que criou não está, tanto quanto sei, definida no Código Penal.

Já sabia que iria naquele quarto encontrar música e aroma diferentes. Ali, a melodia propiciatória era "Je t`aime, moi non plus". Lembram-se de Jane Birkin e Serge Gainsbourg? Cheirava a uma água-de-colónia masculina conhecida, mas não fui capaz de lhe colar um nome, apesar de me parecer que eu próprio já a tinha usado.

Confesso que fiquei surpreendido quando encontrei

um homem baixo, magro, de meia-idade e lentes grossas, sentado à mesinha, a matraquear uma máquina de escrever. Numa época em que quase toda a gente redige ao computador, aquele instrumento de trabalho parecia anacrónico. Lembrei-me de quando, vinte anos atrás, me enganava na última linha datilografada e arrancava nervosamente a folha de papel, apenas para repetir o mesmo erro, minutos depois. De qualquer modo, tinha ali um colega, senão um rival. A minha curiosidade subiu de nível.

O hóspede pareceu não dar pela entrada da anfitriã nem pela música do Gainsbourg. Estaria empenhado em registar por escrito alguma ideia que acabava de lhe ocorrer.

Lorena saíra nua do próprio quarto e fora assim que atravessara o corredor. Saudou o hóspede, ao entrar.

– Boa-tarde, Simões. Como é que está correr a escrita hoje?

– Ia bem até tu chegares – respondeu o interpelado, sem esconder o enfado.

– Não sejas antipático. Uma vez, até disseste que eu

te inspirava. E que queres? Deram-me as saudades tuas.

— *Dão-te sempre às terças e quintas-feiras...*

— *Estás mesmo rabugento.*

Lorena adoçou a voz:

— *Não me ofereces um Martini?*

O escritor conformou-se.

— *Está bem...*

Ergueu-se, desligou o leitor de cedês e pareceu aliviado com o silêncio que voltara ao aposento. A seguir, abriu a porta dum frigorífico minúsculo e retirou de lá uma garrafa. Foi depois buscar dois copos ao armário.

Fui aproximando o olhar da mesinha. Ao lado da máquina de escrever, havia um maço de folhas datilografadas. Li o cabeçalho. Verifiquei que o homenzinho assinava "Henry Miller", acima do título da obra. Imaginei que repetiria o pseudónimo no topo de cada página. Haveria ali um problema de identidade. O hóspede do quarto número um teria necessidade de dizer repetidamente "eu", mesmo que o fizesse com o nome doutrem.

Bom, pensei, temos aqui um escritor erótico especial. Ficou incomodado quando lhe entrou no quarto uma mulher bela e despida. Será um teórico. Julgo que vai ser posto à prova dentro de instantes. Veremos como se comporta.

Não assisti a grande exibição. Nem sequer a minha criatura brilhou ao nível a que me habituara. Poderia ter ganhado por cinco a zero, mas ficou-se por um triunfo marginal e envergonhado.

Lorena demonstrou que o conhecia bem, pois começou o jogo logo em baixo. Desapertou-lhe o cinto, correu o fecho eclair das calças e pôs-lhe à mostra os órgãos genitais.

O pénis era grosso e comprido e os testículos pendiam-lhe, aos lados, como peras de pedículos longos. Não pareciam entusiasmados com a vida.

Ocorreu-me uma frase do cómico português Raul Solnado sobre uma embarcação. Integrara um monólogo famoso anos atrás: "a cor é bonita, mas não flutua". Claro que o contexto era outro, mas a analogia era aplicável à cena a que assisti, confesso que com alguma humilhação.

— Tens um coiso grande — comentou Lorena. — É pena

não funcionar.

O escritor não estava nos seus dias. Via-se que se prestava àquela cena com desgosto. Estaria em dívida para com a hospedeira.

A mulher esforçava-se por trazer aquele pénis à vida. Punha zelo nas manobras. No entanto, por mais carícias que lhe fizesse, não era capaz de o endireitar.

– Dizem que não há homens impotentes, mas sim mulheres incompetentes. Sabes muito bem que isso é mentira! – Desabafou.

– Se me tivesses avisado, tinha tomado antes um comprimido – lamentou-se o escritor.

– Tretas! – Exclamou a minha criatura. – O Viagra só funcionava se to enfiassem no cu! Ajoelha-te!

O pobre diabo obedeceu. À falta de melhor alternativa, a minha Lorena masturbou-se com a vulva a um palmo da boca dele.

– Porra! Nem lamber sabes! Para escritor, mostras pouca experiência de vida.

Quando a mulher se veio, o Henry Miller fracassado levantou o rosto para ela. Escorriam-lhe algumas lágri-

mas dos olhos grandes e sonhadores. Tinha um rosto fino, de queixo metido para dentro.

Falou, como se recitasse. Estaria a memorizar a frase, para depois a escrever.

– Se não fosses tão puta, casava-me contigo.

– Cabrão! Mentiroso! – Exclamou Lorena, exaltada. – Se eu não fosse puta, nem olhavas para mim.

Um par de minutos depois, já estava mais calma. O escritor permanecia a seus pés, sentado nos calcanhares.

– Vá! Levanta-te e lava-me a coisa! Assim, sempre mostras alguma serventia.

Eu pus-me a milhas, quase envergonhado por ser também homem. Se calhar, concedera demasiada autonomia à personagem que inventara.

BLUE VELVET

Acho que me viciei nos textos do doutor Vilas Boas. Espero que eles não macem os leitores. Acompanhemo-lo.

Segui a Lorena, em pensamento, enquanto ela batia com os nós dos dedos na porta do quarto número três.
O ocupante tardou a abrir. Quando o fez, deixou escapar a música do "Blue Velvet". Foi então que reparei no vestido dela. Era mesmo de veludo azul e descobria-lhe as costas quase por inteiro. Prendia-se ao pescoço por uma alça sem decote. Em baixo, chegava-lhe até ao meio das coxas. Mostrava delas quanto bastasse para um homem ter vontade de ver mais. Acho que a intérprete do filme vestia de forma semelhante. Kitsch, pensei.
Meireles, o hóspede da minha criatura não tinha

grande aspeto. De meia-idade, baixo, gordo, com papos sob os olhos pequenos, deixava transparecer misturas étnicas nos lábios grossos. Um movimento involuntário e compulsivo da boca levava a supor que tinha saudades do biberão. Franqueou a entrada como se o fizesse por favor.

Acompanhei a Lorena, fazendo figas para que ela não desse por mim. O sentir-se vigiada acabaria por lhe limitar a espontaneidade.

O compartimento estava desarrumado e um pouco sujo, embora cheirasse ao perfume Aramis. Via-se roupa pendurada na cadeira e alguma caída no chão. Em cima da mesa pequena descansavam uma garrafa de uísque barato quase vazia e um copo com um resto de líquido no fundo.

Lorena entrou e pareceu deleitada com a música.

Ela tinha certo jeito para a encenação. Fazia soar em cada quarto uma espécie de genérico musical, como sucede no começo de algumas séries televisivas. O perfume era um fator adicional. Ajudava a criar um ambiente propício ao despertar da sensualidade.

A mulher apanhou a roupa do chão e meteu-a no saco que havia de seguir para a máquina de lavar. Verteu o que restava no copo para a bacia e limpou-o com um paninho. Arrumou-o, mais a garrafa, no armário. Passou a seguir o mesmo pano pelo tampo da mesinha.

Cumprida minimamente a função de empregada doméstica, adaptou-se ao papel que a levara até ali: o de sedutora. Começou por aumentar o som do leitor de cedês.

Eu conhecia aquela música e gostava dela. Pena era que estivesse a chegar ao fim.

O homem sentara-se na beira da cama, junto a uma das pontas. Parecia não pretender nada daquela mulher, nem da vida.

Lorena sentou-se a seu lado, muito perto. Deixou que o vestido subisse e mostrasse mais das coxas roliças. O companheiro lançou-lhes um olhar triste. Teria saudade de outro tempo e de outras pernas.

A mulher colocou-lhe a mão na braguilha. Ele afastou-a, sem grande empenho. Lorena insistiu e fez-lhe algumas festas, sobre a roupa. A seguir, virou-lhe as costas e expôs o fecho do vestido.

– Ajudas-me?

Com as mãos trémulas, o comparsa desceu-lhe o fecho éclair. Depois, com a mesma atrapalhação, puxou a alça. A roupa desprendeu-se. O homem não estava à espera de tanta facilidade e teve um sobressalto.

Lorena não usava nada debaixo do vestido. Disso, já eu suspeitara quando a vira no corredor.

A mulher ergueu os braços e colocou as mãos no pescoço, permitindo que o vestido escorregasse e lhe pusesse à mostra os seios altos.

O homem piscou os olhos. A claridade seria demais para a sua alma. Sentiu-se tentado a pegar no copo que a anfitriã recolhera, mas não lhe chegava. Lorena segurou-lhe a mão e guiou-a para um dos seios.

Aquele indivíduo parecia cada vez mais pequeno. Eu era capaz de jurar que ele estava ansioso por escapar dali. Agitavam-no, contudo, sentimentos antagónicos. Teria, também, vontade de ficar. Lembraria tempos antigos, em que o viço lhe corria nas veias.

Lorena pôs-se de pé e deixou o vestido cair ao chão.

Agora, tinha em cima da pele apenas as arrecadas de ouro. Calçava sapatos de salto alto. Colocou-se em frente daquela ruína de homem e encostou-lhe o pelo púbico ao nariz. Nem assim teve resposta. O companheiro parecia aflito, com falta de ar.

A mulher não perdeu a paciência. Era coisa que não lhe faltava. Estendeu a mão para a mesinha de cabeceira, abriu a gaveta e retirou de lá um pénis artificial. Acariciou-o ostensivamente com os dedos, antes de o aproximar da cara do protagonista. Perguntou:

– Queres que to meta na boca?

– Não! Não! Por favor, não!

– Sabes então o que tens a fazer.

A mulher mandava. Abriu as pernas, frente à cara dele. A camisa do homem encheu-se de manchas de suor.

Ela agarrou o consolador com a mão esquerda. Estendeu a direita e procurou a bisnaga de vaselina que guardara na gaveta da mesinha de cabeceira. Untou o instrumento.

– Enfias-mo, ou queres que to meta no cu?

O infeliz não era maricas. Embora contrariado,

dispôs-se a colaborar. Lá lhe encostou a ponta do pénis de plástico à vulva. Hesitou, antes de a introduzir.

A mulher achou melhor fazer uma pausa.

– Meireles! Põe outra vez a música do Blue Velvet.

Nunca vi homem tão servil. Poisou o consolador na cama, levantou-se com uma expressão de alívio e deu vagarosamente os quatro passos que o separavam do leitor de cedês. Selecionou a música a reproduzir e deixou-se ficar a ouvi-la, com deleite.

A voz da dona da casa fez-se logo ouvir:

– Vem cá e cuida de mim! Quando queres, sabes fazer isso bem feito.

Meireles teria nascido para obedecer. Se, noutro tempo, tivesse sido capaz de mandar, esquecera esse talento.

– Cuidado, que me magoas...

– Mais depressa, agora! Mais fundo!

Quando a mulher gemeu de gozo, Meireles sentiu o prazer do alívio. A obrigação estava cumprida. Podia ser que aquela mulher diabólica o deixasse em paz por uns dias.

Lorena vestiu-se com gestos elegantes. Olhou para aquela espécie de escravo com mais pena que carinho e anunciou:

– Amanhã trago-te outra garrafa.

As cenas em que era forçado a participar humilhavam o Meireles. Todavia, o homem perdera há muito o essencial do amor-próprio. Ali tinha cama, mesa, roupa lavada e uísque quase de graça.

Confesso que fiquei desagradavelmente surpreendido com os machos que aquela mulher recolhia para o seu harém. Aquilo parecia mais um curral do que uma hospedaria. Admirava-me que ela, bela e desinibida, se contentasse com tão pouco.

E se a Lorena resolvesse atirar-se a mim? Seria quase incesto. Ela é filha da minha imaginação. Elaborei-a a meu gosto, mas não a fiz para mim. Habita o meu livro, que constitui o seu ambiente natural. Se escapar dele, perecerá.

Nessa noite, dormi bem. Na manhã seguinte, apreciei melhor a situação. Percebi que recolhera uma amostra limitada do mundo em que a Lorena se movimentava e que isso me induzira em erro. Calhara encontrar aquela espécie de pensão na mó de baixo. Haveria alturas em que a minha criatura se mostraria muito mais exigente e não faltariam ali jovens atraentes e vigorosos. Lembrei que ela chegara a admitir no quarto número dois um futebolista profissional.

Meses atrás, Lorena atravessara uma fase perigosa. Dera-lhe para os adolescentes. A casa chegara a parecer um colégio de rapazes. Ela fazia de professora e ensinava aos miúdos os rituais básicos do amor. Alguns eram virgens quando ali entraram. A mulher infringia as leis do país, sem se importar com isso. Arriscar-se-ia a ser punida com uma pena pesada, se alguém a denunciasse. Por sorte, movimentava-se num universo paralelo onde permanecia impune. Nem a má-língua das vizinhas a incomodava.

Aprendeu algumas coisas desagradáveis com a experiência. Naquelas idades, a identidade sexual dos moços nem sempre estava perfeitamente definida. Um miúdo loirinho desinteressou-se das carícias dela e passou a seguir com olhar ansioso os passos do colega que morava ao lado. Lorena acabou por os surpreender juntos na cama. Pareceu-lhe que não sabiam bem o que fazer cada um com o corpo do outro.

A minha criatura não estava preparada para enfrentar esse tipo de situações e mostrou pouca vontade de aprender. Aplicou-lhes a pena máxima admissível no seu mundo: riscou-os do pensamento. Eram criaturas da imaginação e sucumbiram. Durante meses, os quartos em que os moços haviam desabrochado permaneceram vagos.

HOMERO E LAURA

Continuemos a espreitar as páginas do livro inacabado de Homero Vilas Boas. Julgo que o escritor não dá por isso e que, se desse, pouco se importaria. Não escreve para dentro de si próprio. Pretende ter leitores. Antes, ou depois de terminada a obra...

Laura deixou o carro no parque de estacionamento duma grande superfície comercial que fica à saída de Setúbal. Íamos a caminho da quinta. Não eram precisos dois automóveis. Seguimos no meu.

Os acontecimentos de dias antes pareciam embaraçar-nos por igual. Quando a jovem chegou alguns minutos atrasada, saudámo-nos com certa afetação, trocando beijos frios nas faces.

Adiantei-me e abri a porta do pendura para lhe dar

entrada, o que a surpreendeu e lhe agradou. Os homens da idade dela iam esquecendo essas pequenas demonstrações de cortesia.

Durante o percurso de quase meia hora trocámos apenas frases de circunstância. Por duas ou três vezes estive tentado a pegar-lhe a mão, o que não o fiz. Alguma espécie de pudor impreciso me prendia os gestos.

Ao chegarmos, abri o portão, adiantei o carro e saí de novo para o voltar a fechar. Voltei a colocar o cadeado. Não queria ter visitas.

Dali à casita são menos de cem metros. Estacionei o veículo frente à porta.

Entrámos. As janelas, como de costume, tinham as vidraças abertas e as portadas exteriores fechadas. A intenção era deixar correr algum ar para refrescar o ambiente. No aposento mandava uma luz que era pouco mais do que penumbra. Tornava-se necessário aclimatar as pupilas para ver bem.

Fechei a porta, enlacei a Laura pela cintura e colei a minha boca à dela.

Despimo-nos de forma controlada, pendurando a

roupa nas cadeiras da sala. A cama ficava no quarto ao lado. Ela deitou-se, de barriga para cima. Beijei-lhe os mamilos e acariciei-lhe o umbigo com a língua. Percebi que tentava guiar-me suavemente a cabeça para baixo com as mãos, mas eu não estava para aí virado. Fizemos amor de modo tradicional com a Laura a remexer suavemente as ancas debaixo de mim.

Chamam a essa posição a do missionário porque se diz que foram os sacerdotes católicos que a introduziram em África. Até à cristianização (tanto quanto se sabe) o homem penetrava a mulher por trás, sem lhe ver a cara.

Não me pareceu que a minha amiga tivesse ficado particularmente feliz com a prática cristã.

Instantes depois, Laura levantou-se e dirigiu-se à casa de banho. Esperei a minha vez de me lavar. Feito isso, vesti as calças, enverguei um polo, enfiei os pés sem meias nos sapatos e fui ao carro buscar o computador e a máquina fotográfica. Não sabia se havia de começar por lhe mostrar as fotografias tratadas ou de fixar antes as que planeara para o confessionário. Ela ajudou-me:

– Acabamos primeiro a sessão fotográfica. Depois,

vemos as imagens todas juntas.

– Está bem – disse eu. – Leva a almofada da cama para protegeres os joelhos.

– Achas que é preciso? Quando vou à missa, ajoelho-me no estrado de madeira e não me sinto desconfortável.

Laura continuava a surpreender-me. Não sabia que ela frequentava a igreja.

– Faz como quiseres. O que importa é obter fotos de qualidade. Trouxeste um lenço comprido para fazer de véu, como te pedi?

– Sim. Tenho-o na malinha.

Voltou à sala de entrada para recolher o adereço.

Era bom vê-la caminhar, nua e descalça, como um animal elegante e seguro de si. Os movimentos daquela mulher tinham qualquer coisa de felino. Era como se tivesse enjaulado um gato na alma.

Reparei que fazia falta uma fonte de luz. Dava jeito um projetor, mas não me tinha lembrado de o trazer.

Sentia-me relativamente seguro naquele lugar. Seria difícil que alguém violasse o portão de entrada da quinta. Tratava-se de uma zona de povoamento disperso, onde o respeito pela propriedade privada era acrescido. Os vizinhos protegiam-se uns aos outros, desencorajando a entrada a forasteiros. Não se ouvia ali falar de roubos nem de assaltos.

 Abri a janela e espreitei. Não havia ninguém lá fora. Avistava-se a vinha, na plenitude do começo de setembro. As filas de videiras estendiam-se até ao fundo, interrompendo-se na linha de oliveiras que delimitava a minha propriedade. As parras largas protegiam os cachos de uva madura como mulheres em fim de gestação que resguardassem os ventres com as mãos. A vindima não tardaria. A beleza da folhagem iria então ganhar tons novos, castanhos e dourados. Depois sumiria até ser outra vez necessária. É que a Natureza é avara. A formosura serve fins determinados e esgota-se quando deixa de ser útil.

 Laura continuava atraente. Talvez se esperassem grandes coisas dela.

 Deixei abertas a porta e a janela. Assim, havia luz que chegasse. Se a máquina entendesse doutro modo, que acionasse o flash.

 Fotografei a moça de todos os ângulos possíveis. A

verdade é que uma foto chegaria, desde que expressasse a imagem duma mulher nua e impenitente, mas incapaz de romper de todo os laços com o sagrado.

Laura seguiu as minhas indicações com a paciência dos modelos profissionais. Pressenti, contudo, que estava à espera de outra coisa. Quando parei de fotografar, guardou o véu, aproximou-se e fitou-me com aqueles olhos luminosos que alguns anjos ostentarão. Declarou:

– Há pouco, não fiquei satisfeita. Desta vez, faremos as coisas à minha maneira. Vamos para a cama.

Passou adiante. Seguia-a. Pouco importava quem mandasse, desde que o fizesse bem.

Fez-me deitar de costas e colocou-se sobre mim.

Alcançámos o orgasmo quase ao mesmo tempo. Laura gemeu de prazer.

Por momentos, tive a sensação estranha de estar mais alguém na nossa cama. Quase me pareceu sentir na nuca a respiração de outra mulher. Não podia ser. Era a minha imaginação que não tinha sossego.

Deixámo-nos estar durante alguns minutos, deitados lado a lado. Depois, ela declarou:

– É tarde. – Tenho de ir. Verei as fotos noutra oportunidade. Julgo que acabei o meu trabalho de modelo...

Eu não tinha ideias para mais fotografias e não estava certo de precisar de tantas. Em breve começaria a apagá-las. Era tempo de reescrever as cenas da secretária e do confessionário.

Deixei a minha amiga junto ao automóvel dela e conduzi para casa. A Filomena já regressara das aulas.

Subi ao escritório e sentei-me ao computador. Sentia-me cansado, mas com vontade de trabalhar.

Ainda não sabia que seguimento dar ao meu romance. As ideias haviam de chegar, quando fossem necessárias.

Até então, acontecera sempre assim.

FOTOGRAFIAS

Homero Vilas Boas gosta de fotografar mulheres nuas. Nada tenho contra isso, desde que as não divulgue sem autorização das interessadas. Julgo que os leitores estão habituados a presenciar os seus comportamentos estranhos e já deixaram de se escandalizar com as cenas que descreve. Continuemos a seguir a sua escrita.

Laura estava com o período, o que tornou mais fácil analisar as fotografias. Eram para cima de cinquenta. Encontrámo-nos no meu gabinete para as observarmos.
Rejeitou logo as que eu lhe tirara no cadeirão de coiro, de pernas abertas.
– Não gosto destas. Apaga-as! Pareço uma ordinária, coisa que não sou.

– *Tens a certeza?*

Virou para mim os grandes olhos. O azul madurara e ganhara um tom metálico. Brilhava como a lâmina de um punhal.

– *O único ordinário aqui és tu!*

– *Acho que não sou, mas apago-as na mesma. Aliás, podes ser tu a fazê-lo. Basta carregares no botão direito do rato e escolher "eliminar".*

– *Está bem.*

Sentou-se frente ao computador, enquanto eu permanecia de pé, atrás dela. Laura ia mudando rapidamente as imagens. Fixou-se numa.

– *Aqui, estou linda...*

– *Não estás. És...*

Concedeu-me o primeiro sorriso da tarde e prosseguiu o escrutínio. Interrompeu-se, logo a seguir.

– *Olha esta! Nunca pensei que fosse tão bonita. Fotografas muito bem...*

– *Agradeço o elogio, mas só mereço uma pequena parte dele. A virtude maior é do modelo. Eu limito-me a selecionar as imagens. A máquina fez o resto. É automá-*

tica.

A minha amiga continuou a passar rapidamente as imagens. Ia apagando as que lhe não agradavam. De vez em quando fixava-se em alguma.

– Não quero esta! Nem esta! Pareço uma puta!

Eliminava-as freneticamente, sem pedir a minha opinião. Não me importei. O corpo pertencia-lhe e ela tinha direito a expor ou esconder os aspetos que muito bem entendesse. Aliás, de modo geral, eu concordava com as suas escolhas.

Chegou a vez da fotografia em que eu lhe fixara, em grande plano, o rosto na máscara do orgasmo. Era, de todas, a minha favorita. Mostrava a face de uma mulher em sofrimento intenso ou em gozo extremo. Quem a olhasse sem saber que se tratava de um clímax poderia achar que ela acabara de perder um filho, ou o primeiro amante. Com os músculos da face contraídos, nem parecia linda.

– Vou apagar esta. É horrível!

– Não concordo contigo. Acho-a magnífica. És tu, no teu melhor, a extravasar prazer. Não sei se serei capaz *de te descrever tão bem quanto mereces. Aviso-te de que fiz uma cópia dela. Só a destruirei quando tiver o livro pronto.*

– Sacana! Fizeste cópias de todas?

– Não, Laura. Apenas desta e de mais duas. Numa estás na secretária e na outra no confessionário. Parecem-me as mais importantes para o desenrolar do meu romance.

– Como é que posso acreditar em ti?

– Podes, seguramente. Nunca te menti, nem tencionei fazê-lo.

– E se te zangares comigo? Se eu puser fim à nossa ligação e te deixar? Não te irás encher de raiva, a ponto de chapares isso tudo na Internet?

– Sabes que não. Sou muito mais velho que tu. Pertenço a um tempo em que alguns homens, independentemente do feitio ou do modo de vida, adotavam um código de conduta que tendia a proteger as mulheres. Sou um cavalheiro.

– Um cavalheiro, tu?

– Claro! Podes confiar em mim.

― *Viu-se!*

Referia-se ao modo como nos tínhamos tornado amantes.

― *Tratou-se de uma situação completamente diferente. Contribuímos ambos para ela.*

Pareceu acalmar-se. Virou-se para mim e sorriu.

― *Não me arrependo nem sequer de um dos únicos minutos que passámos juntos!*

― *Nem eu, Laura. Nem eu!*

No final da vistoria, as fotografias ficaram reduzidas a uma vintena. Chegavam e sobravam para o meu trabalho.

Laura olhou para o relógio.

― *Ainda tenho algum tempo, mas é mais seguro ir-me embora...*

Sorri-lhe com afeto.

― *Tu estás menstruada, mas eu não. E se me fizesses umas carícias?*

― *Não estás a ser egoísta?*

― *Talvez, mas não vejo grande mal isso. Podias ser gentil...*

MODELOS

Anos atrás, as estações televisivas colocaram no mercado "pacotes" com números elevados de canais. Uma parte dos programas mais apetecidos eram objeto de assinaturas cobradas separadamente. O preço final era elevado. Numa habitação portuguesa comum, o custo dos gastos com o entretenimento televisivo ultrapassava frequentemente a soma das contas de eletricidade e de água. Ainda por cima, as faturas de eletricidade incluíam uma "contribuição audiovisual".

Homero Vilas Boas não gastava muito tempo frente à televisão. Via os noticiários da noite e espreitava um ou outro filme.

Filomena era uma telespetadora mais aplicada e acompanhava habitualmente uma das telenovelas. Com os anos, deixara-se engordar. Tinha o hábito de falar demasiado alto. Fora a profissão que lho imprimira, no esforço de se fazer ouvir pelos alunos da última fila, por cima do sussurrar que constituía o ruído de fundo da sala de aulas.

Ocasionalmente, Homero sentava-se num cadeirão e percorria rapidamente os canais televisivos, sem fixar um objetivo. Acabava quase sempre por se colar a algum programa.

Certo dia, deteve-se, quase sem dar por isso, num canal que exibia desfiles de moda, assunto pelo qual poucos homens se interessavam. Espantou-se com a beleza extraordinária de um rosto que apareceu no ecrã. Não lhe fixou o nome, mas aquela mulher nada ficaria a dever à Julieta ou à Desdémona e teria feito feliz qualquer pintor renascentista. Parecia irreal, bonita demais para ser de verdade, como se não tivesse o direito de existir fora dos sonhos mais arrojados de adolescentes e de velhos. No entanto, permanecia ali, fitando o espetador com os olhos que sabia deslumbrantes. Sorria, alongando os lábios que se imaginava terem nascido para serem apenas beijados por anjos ou por reis, e exibia uma sucessão de expressões estudadas. Encarava os homens, segura do fascínio que exerce sobre eles, como se sentisse a obrigação de se mostrar irresistível.

Depois, a cena mudou e surgiu na tela outro rosto luminoso e sedutor. Era muito diferente do anterior. Tinham apenas em comum a perfeição dos traços e a consciência da necessidade de encantar.

O programa continuava. Seria assim, dia e noite. As belas sucediam-se umas às outras, como se tivesse sido convocadas para o ecrã heroínas de romance, estrelas de cinema e anjos perdidos. Parecia impossível haver tanta mulher bonita à face da terra. Homero Vilas Boas deu por si a pensar que avistara, num par de horas, tantas caras maravilhosas quantas as que Rafael, Ticiano e Leonardo teriam tido oportunidade de conhecer ao longo das vidas.

Depois, aconteceu uma coisa que, de início, lhe parecera impensável: a repetição acabou por banalizar a beleza. O espetador cansou-se de olhar.

Homero desligou a televisão e refletiu. Sabia que a profissão de modelo estava longe de ser fútil, uma vez que fomentava as vendas de vestuário, ajudando a sustentar a indústria têxtil. No entanto, a beleza globalizada parecia conter em si fatores inibitórios, tornando-se quase impossível sonhar com aqueles ideais de formosura. Ser bela profissionalmente, obrigada a oferecer-se aos olhos de todos, tornava-se quase aviltante. Não que parecesse necessário esconder-lhes as feições, obrigando aquelas mulheres formosas a usarem véus ou burcas, ou fechá-las em casa. No entanto, cada uma delas perdia alguma coisa com a exposição plena e intencional. Para serem perfeitas, faltava-lhes algum recato. Sorriu, ao pensar que aquilo não passava de mais um dos seus preconceitos machistas.

Foi nessa tarde que decidiu que nenhuma mulher seria demasiado bonita nos livros que viesse a escrever.

LORENA

Homero Vilas Boas cria personagens complexos. Alguns parecem ganhar vida própria e pretender sair das páginas do romance.

O John não quis fazer de mim uma dona de casa, nem me preparou para ser uma boa cozinheira. Sou o que ele pretendeu que eu fosse: uma fêmea aberta para o sexo. Sei atrair os homens.

O meu criador deu-me, contudo, imaginação e alguma inteligência. Deve considerar que uma mulher estúpida não poderá ser verdadeiramente sedutora.

O autor dos meus dias é meio distraído. Oxalá não se arrependa de me ter feito esperta. Terá sido num momento de distração que Deus criou o homem à sua imagem e semelhança.

Estou a falar demais. Às vezes, dá-me para isso. Tendo a imitar o John, que gosta de se alargar nos preâmbulos.

O que pretendo confessar é tão simples como isto: encontrei a passagem para o mundo de lá. Nem sequer estava escondida.

Deu-me para arejar a biblioteca. O nome que lhe puseram é pomposo. Não passa de um quarto de tamanho médio com duas estantes repletas de livros. Tem duas portas. Uma dá para o corredor e a outra para a varanda.

Dei uma olhadela aos volumes expostos. Estão assinados, numa das páginas iniciais, por Homero Vilas Boas. Deve ser o nome que o John usa no mundo de lá.

Os títulos diziam-me pouco, mas reconheci prontamente alguns autores. O John achou por bem imprimir-me na memória os nomes de uns tantos escritores, sem se preocupar em me transmitir informações sobre os conteúdos essenciais das suas obras. Deve considerar que um pouco de verniz cultural facilita os engates. Ter-lhe-á parecido dispensável aprofundar os meus conhecimentos.

Identifiquei livros de Luís de Camões, António Vi-

eira, Antero de Quental, Camilo Castelo Branco, Eça de Queirós e Aquilino Ribeiro. As prateleiras de cima estavam preenchidas por peças de teatro. Nas do meio, fáceis de alcançar, havia romances de António Lobo Antunes e de José Saramago.

Acerca do último, sei alguma coisa. Abomina pontos e vírgulas e recebeu o Prémio Nobel da Literatura. Sei também que as autoridades do seu país o trataram mal. Saramago exilou-se numa ilha espanhola, sem nunca deixar de ser o português que era.

Deixemos agora os livros, que não fazem parte do meu armamento cultural. Não deixo de ter interesse por eles. Se tiver tempo e oportunidade, acabarei por ler uns tantos.

O que verdadeiramente me interessou na biblioteca foi a saída para a varanda. Nunca pensei ser capaz de transpor um desses pórticos.

Abri a portada de madeira e olhei para fora. Fiquei maravilhada. Chovia. As árvores do quintal do vizinho estavam encharcadas e pareciam agradecidas. Será melhor explicar a razão do meu espanto. É que as águas que escorrem do céu, o frio, o calor e o vento não têm lugar nos romances de John Marcuse. Tudo se passa como se os personagens habitassem um mundo com ar condicionado. Não será apenas isso que falta: ali não entram moscas, mosquitos, baratas, ratos nem bactérias. O ambiente é assético e resguardado. Ninguém tem febre, nem padece de reumatismo. Não me lembro de ter dado um espirro, ou de estar menstruada. O que importa ao John são as relações entre homens e mulheres, tratadas preferencialmente em posição horizontal.

Experimentei rodar o fecho da porta envidraçada. Tinha quase a certeza de não ser capaz de a abrir. Todas as portas e janelas que dão para o exterior desta casa estão permanentemente trancadas para as criaturas de ilusão. Estranhamente, o manípulo rodou e a porta abriu. Pela primeira vez na minha vida, senti-me livre.

Ouvi um cão ladrar. Não reconheci o som de imediato. Cães e gatos não entram nos livros do meu criador.

Excitada, sai para a chuva que caía com força. Ensopei o rosto e o cabelo. Não me importei. Despi a roupa molhada e pus-me a dançar. Os transeuntes levavam os guarda-chuvas abertos e não testemunharam a minha alegria. Nem mesmo um que levantou os olhos para a varanda foi capaz de me avistar. Sou invisível no mundo real. Só me poderá conhecer quem abrir as páginas deste livro.

Ganhei, ainda assim, acesso a um espaço onde umas vezes chove e outras faz sol.

Agora, quando vou para a varanda, vejo passar pessoas de carne e osso. Umas parecem contentes e outras tristes. Há as que transportam o mal dentro de si e receiam morrer em breve. Espreito casais de namorados que trocam juras de amor eterno e almejam uma felicidade sem limites.

Vou muitas vezes à biblioteca. Faço-o, sobretudo, nos fins de tarde, quando o John sai de casa. Observo operários que regressam do trabalho e caixeirinhas que acabaram de fechar as suas lojas.

LORENA E O BÊBADO

Ocasionalmente, Lorena visitava os seus hóspedes pela manhã. Era o que acontecia quando tinha vontade de conversar. Assim, emprestava alguma normalidade àquelas vidas ficcionadas.

Nesse dia, resolveu cumprimentar o Meireles. Bateu à porta do quarto número três.

O homem abriu, de copo na mão. O perfume Aramis mal se notava, abafado pelo cheiro a álcool e a transpiração. O aparelho de som estava desligado. Ouvia-se, ao fundo, o ruído do depósito do autoclismo a encher.

– Bebes demais – atirou a mulher, em jeito de saudação.

– Bem sei...

– Então, por que é que não te deixas disso?

– Talvez não seja capaz. Tentar iria custar-me

muito. E para quê mudar?

– Para teres mais saúde...

– Eu não estou doente.

– Ganhavas outra energia e fazias mais pela vida.

– Não sou ambicioso e a minha vida já foi.

– Já foste casado?

Mal fez a pergunta, Lorena sentiu-se pouco à vontade. Estava a pedir àquele farrapo humano que lhe contasse uma história inventada pelo John.

– Sim. Com uma cantora.

– Uma cantora!

– É verdade. Cantava em cabarets.

– E tu, que fazias?

– Tocava piano.

– Piano, tu?

A surpresa de Lorena era autêntica.

– Sim, respondeu o Meireles. – Tive sempre jeito para a música. Cheguei a andar num Conservatório e nem fui dos piores alunos.

– E já não tocas?

O bêbado mostrou-lhe as mãos.

—Vês os meus dedos? Estão cheios de artroses.

—E a tua mulher?

— Deixou-me. Era uma puta. Incitava-me a beber. Quando eu já estava toldado, ia para o quarto do fundo com algum dos homens que a tinham estado a escutar.

— Isso foi há muito tempo?

— Olha que nem sei bem. Acho que sim, mas não estou certo disso. O tempo não é coisa que me tenha habituado a contar. Os dias parecem-me todos iguais.

—Podes medir as horas pelo nível da tua garrafa de uísque. Ponho-te cá uma nova de dois em dois dias. Já pensei em deixar de o fazer.

—Ia-me embora – comentou o Meireles.

—Para onde? Quem é que te sustentava?

— Sei lá… Alguma coisa se havia de arranjar.

Lorena entristeceu. O hóspede não a poderia abandonar. O bêbado Meireles era um não ser. Não tinha vida fora da novela que o John ia construindo no computador.

O Meireles, o Simões e o Moacir eram prisioneiros daquela casa. Abrigavam-se ali e não podiam sair. Era como se tivessem embarcado num navio errante que os *pusesse a salvo da inexistência. Se o John decidisse pôr fim à narrativa...*

Não lera os livros que ele escrevera antes, nem fazia ideia do número de páginas que cada um comportava. O autor havia de ter criado personagens variadas. Talvez tivesse inventado mulheres com que ela se identificasse, pelo menos em parte. Outras haveriam de ser diferentes. Talvez algumas lhe metessem raiva. E os rapazes, como seriam? Podia ser que o John, num romance anterior, tivesse criado o homem perfeito para ela. Quem lhe dera tê-lo conhecido...

Gostaria de folhear os livros dele. Não os havia naquela casa. A biblioteca era quase impessoal. A alternativa consistiria em sondar-lhe a mente, mas achava que o John se ia esquecendo de muitas coisas.

Lorena tinha vontade de chorar quando lembrava os destinos das personagens de novela. Animava-se ao pensar que não desapareciam. Viviam vidas suspensas e experimentavam fogachos de existência de cada vez que um leitor novo abria o livro.

LORENA E O MOÇAMBICANO

Com Moacir, dera-se um acontecimento inédito. Lorena, à revelia de John Marcuse, inventara-lhe o passado. Aprendera quanto custava não ter um.

Não sabia se o criador de ambos dera por isso. Podia ser que não. O homem andava muito empenhado na sua obra.

Certa tarde, Lorena entrou no quarto número dois. O mestiço poisou a viola e sorriu, agradado com a visita.

– Sei que és de Moçambique – afirmou. – Em que povoação nasceste?

Não se incomodava por fazer perguntas de que co-

nhecia as respostas. Era uma maneira de ouvir, contada por outrem, a pequena história que inventara.

– Em Pemba. Os portugueses chamavam-lhe Porto Amélia. Devia ser o nome de uma rainha de cá.

– E que é que fazias na tua terra?

O homem voltou a sorrir. Tinha uns dentes lindos.

– Isto e aquilo… Um pouco de quase tudo…. Trabalhei, durante um par de anos, numa fazenda da região. Era capataz.

– Que é que produziam lá?

– Algodão. Era a riqueza de Moçambique. Claro que a companhia era dos ingleses… Eles é que ficavam com o dinheiro grande. Foi sempre assim. Os portugueses contentavam-se com uma percentagem pequena e os moçambicanos com quase nada.

– Divertias-te muito, nesse tempo?

– Muito, mesmo. À noite, havia farras. Perto da entrada da fazenda, existia uma enfiada de casas de pau a pique. Chamávamos-lhe "o comboio".

– Era uma casa de putas?

– Como é que adivinhaste?

Lorena não respondeu.

– Era mais ou menos isso – continuou o Moacir – embora existissem outras distrações. Íamos lá muitas vezes. Ainda era longe do lugar onde morávamos, mas deixavam-me levar o jipe. Havia sempre música. Quem sabia tocar, tocava. Muitos não sabiam tocar, mas cantavam. Os que não eram capazes de fazer nem uma coisa nem outra, divertiam-se a dançar.

– E gastavam lá muito dinheiro?

– Não, que tínhamos pouco. A cerveja é que saía mais cara.

– E as mulheres?

– As mulheres eram baratas. Aquilo era gente pobre. Uma das raparigas até era minha prima. A minha irmã mais nova também passou algum tempo no comboio. Um branco tirou-a dali. Levou-a para casa dele e fez-lhe filhos.

– Então, tens sobrinhos!

– Tenho, mas mal os conheço. Fui-me embora quando eles eram pequenos.

– E em que é que te empregaste?

— Eu nunca fui capaz de estar muito tempo no mesmo sítio. Deu-me para embarcar.

— Por onde é que navegaste?

— Pelos portos do meu país. Andei em navios de cabotagem. Levávamos carga de um lugar para outro. Além de Pemba, estive em Quelimane, na Beira, e em Inhambane. Fui uma única vez ao Maputo. Nunca viajei no alto mar.

— Depois, deu-te para viver em Portugal...

— Sim. Vim de avião. Sabes? Contavam-se tantas coisas boas do Puto... Era uma espécie de Terra Prometida, apesar de se saber do racismo. Desiludi-me, pouco tempo depois de chegar. Aconteceu o mesmo a muitos outros.

— Gostavas de voltar à tua terra?

— Claro que sim. Mas, se calhar, já não me habituava a viver lá. Acho que ia só de visita.

Nesse momento, Lorena sentiu duramente na pele a condição de inventada. Parecia irmanada àquele homem.

Chegou-lhe um desejo intenso de lhe proporcionar

um futuro verdadeiro. O Moacir ainda tinha quase meia vida em frente. Ali, iria estiolar. O John Marcuse não tardaria a pô-lo de lado.

Sonhou vê-lo voltar à terra, ensinar o que aprendera, trabalhar e ver crescer os sobrinhos, se não viesse a gerar os próprios filhos. Imaginou-o a bordo de um navio, desta vez no mar alto, a passar ao largo de Cabo Verde e a bordejar depois a costa africana, até ao Cabo da Boa Esperança.

Se fosse capaz, faria dele um homem a sério, em vez de personagem secundário dum romance obscuro.

Não era capaz.

Despiu-se, deitou-se de costas na cama dele e chamou:

– Vem cá.

LORENA E O ESCRITOR

Eram dez da manhã. Lorena vestia jeans e uma blusa branca. Bateu com os nós dos dedos na porta do quarto do escritor.

Era quarta-feira, o que tranquilizou o aspirante a Henry Miller. A sua hospedeira tinha um respeito quase religioso pelo calendário. Por outro lado, de modo geral não apreciava o sexo antes do almoço. O homem apressou-se a abrir.

– Como estás, Simões? – Perguntou ela.

– Bem. E tu?

– Eu sinto-me rija, como sempre. Não me lembro de ter estado doente. Como vai a tua escrita?

O homenzinho coçou a cabeça.

– Assim, assim...

– Que andas a escrever?

– *Vou tentar explicar-te. Comecei, há algum tempo, um romance erótico. É a história de um padre que se apaixona por uma miúda adolescente que anda na catequese. Trata-se duma rapariga invulgarmente bonita.*

– *Assim como eu? – Interrompeu Lorena, com vontade de brincar.*

– *Tu és linda, mas ela é ainda mais bela do que tu. Depois, tem quinze anos, enquanto tu vais nos trinta.*

– *Havias de me ter visto quando eu era menina...*

O escritor sorriu. Raramente o fazia.

– *Quem me dera, desde que pudesse retirar também quinze anos à minha conta... Mas deixa-me continuar. A menina é nova, mas sabida. A história passa-se numa aldeia. Ela chama-se Esmeralda e cresceu numa família pobre. Tem muitos irmãos. A casa onde moram dispõe apenas de dois compartimentos: a cozinha, onde preparam as refeições e se alimentam, e o quarto comum. Pai, mãe, irmãos e irmãs dormem lado a lado. A Esmeralda é a mais velha das duas raparigas e dorme encostada a um dos rapazes. Deixa o lugar do canto para a irmã mais pequena. Durante a noite, é impossível evitar que os cor-*

pos se toquem.

– E ouvem o pai e a mãe a fazerem amor, mesmo ali ao lado?

– Sim. No entanto, isso retrai-os, em vez de os excitar. O que os perturba é a proximidade física. Mesmo que o rapaz não queira, é inevitável acontecerem toques e contactos. Durante a noite, ao voltar-se, o moço encosta-se a ela e sente aquele corpo, já de mulher, bem junto ao seu.

– E a rapariga resguarda-se?

– Não é essa a natureza dela. Finge não dar por nada, enquanto ele se chega mais e mais. Por vezes, volta-se e, pretendendo estar a dormir, apoia-lhe a mão no sexo endurecido.

– E depois de tudo isso, a rapariga ainda é virgem?

– Virgem é, no sentido restrito do termo. Agora, só Deus sabe o que já escorreu pelo meio daquelas coxas. E olha que não é sempre o mesmo irmão a dormir ao lado dela.

– Achas que disputam o lugar?

– Não! São três e organizaram uma espécie de es-

cala. Ainda não resolvi se ela se deixa, ou não, sodomizar.

– Não estás a ser puritano?

– Puritano, não sou, mas não me agrada o incesto.

– Então, porque é que escreves sobre ele?

– A minha ideia não é essa. Trata-se, apenas, de preparar o terreno em que se vai desenrolar o enredo.

– E o padre é virgem?

– Considerei duas hipóteses, mas ainda não me decidi por nenhuma. Na primeira, é mesmo virgem. Espreita as paroquianas e as filhas delas com olhos de carneiro mal morto, mas vai refreando os seus instintos. Masturba-se várias vezes por semana. Na segunda possibilidade, é um homem vivido. Conhece os lençóis de meia dúzia de beatas. Consta, ainda, que se deita com a Cândida, a mulher que lhe trata da casa e lhe faz a comida.

– E a miúda?

– A Esmeralda é para ele uma espécie de anjo com as asas tisnadas. Bela como poucas santas, deu há muito pelo interesse do sacerdote e não faz nada para lhe tentar escapar. Aos quinze anos, já aprendeu a seduzir. Fá-lo, essencialmente, com os olhares que lhe deita, mas chega *a ir mais longe. Encosta-lhe prolongadamente os lábios às costas da mão quando lhe pede a bênção. Às vezes, quando há muita gente junta, roça o corpo pelo dele, ao passar.*

– E como é que o livro acaba?

– Ainda não sei. Já resolvi que a moça vai engravidar mas não decidi se vai ser do padre, se dum dos manos. Depois, há duas possibilidades em aberto. Uma delas é os irmãos encherem-se de ciúmes e fazerem uma espera ao padre, na calada da noite. Outra é levar o sacerdote a fugir com a miúda para longe e a arranjar emprego em algum colégio para ganhar a vida.

– Vejo que és um escritor cheio de dúvidas...

– São mais os cuidados que as hesitações. Um romance deve ser consistente. Os acontecimentos narrados devem ser plausíveis, embora suficientemente invulgares para cativarem o interesse dos leitores.

– Assim nunca mais acabas o livro...

– Hei de acabar. Quando for publicado, ofereço-te um exemplar.

– Cá fico à espera...

CENTRO COMERCIAL

A escrita e o modo de pensar de Homero Vilas Boas chegam a ser difíceis de entender. Ao que parece, alguns dos seus personagens soltam-se das páginas do livro e passeiam pela cidade. Sigamo-lo.

Ontem, encontrei a Lorena no centro comercial Alfonso. Nunca a tinha visto fora de casa e pasmei.

A verdade é que não tinha razões para isso. As criaturas de romance não estão confinadas às paredes dos apartamentos. Têm vidas quase normais, apesar de o autor lhes estar sempre a puxar os cordelinhos do destino.

A surpresa não se deveu apenas a dar com ela num espaço público. É que, espantosamente, poucas vezes a tinha visto tão bem vestida.

Trazia um casaquinho branco e blusa e saia vermelha. Ficavam-lhe bem. O único senão residia nos saltos dos sapatos, exageradamente altos. Não deveria ser fácil equilibrar-se em cima deles.

Estava acompanhada por um homem elegante e bem-parecido que usava um fato de boa marca.

Terei ficado com cara de parvo quando a vi. Ela parece ter-se apercebido do meu embaraço e aproximou-se.

– Olá John. Que é que vieste fazer aqui?

– Vim ver-te.

– Mentiroso!

Apresentou-me o companheiro. Antes de se aproximar, pensei que a Lorena sentia necessidade de renovar o seu harém. Aquele sujeito estaria na fila para substituir algum dos hóspedes.

Para mim, os candidatos à saída, eram o moçambicano e o bêbado. Sem poder precisar por quê, achava que o escritor que assinava como Henry Miller ainda deveria passar lá mais algum tempo.

– John! Este é o Lourenço, colega e amigo.

Trocámos um aperto de mão. O homem tinha um

rosto agradável. O nariz ressaltava positivamente do conjunto. Era curto e direito. Ao cumprimentar-me, exibiu um sorriso de ator de telenovela. Possuía uns dentes lindos.

Não expliquei antes a razão de a Lorena me chamar John. É que John Marcuse é o meu pseudónimo literário. É também, o único nome meu que ela conhece.

Trocámos algumas frases de ocasião e separámo-nos. Eu precisava dum tinteiro para a impressora do computador e dirigi-me a uma loja da especialidade.

Logo à entrada, deparei com a Laura. Trocámos dois beijinhos na cara. Eu sentia-me estranhamente ansioso.

– Laura! Esta é uma tarde especial. Vais ter oportunidade de conhecer pessoalmente a Lorena.

A prima da minha mulher olhou-me com ar incrédulo. Eu quase era capaz de lhe ler os pensamentos: "o Homero não está a bater bem a bola; confunde a realidade com a ficção; não parece estar grosso; será que se meteu na droga?"

– Anda comigo, se tens tempo – insisti. – Gostava de

te apresentar a Lorena. Fisicamente, é quase idêntica a ti, como sabes.

Laura não sabia o que dizer ou fazer. Acabou por se deixar vencer pela curiosidade e acompanhou-me até ao lugar onde eu me tinha separado da minha criatura literária.

Não a vimos. Teria entrado numa das múltiplas lojas do centro comercial.

De costas, avistei um homem alto e magro de fato cinzento com a figura do que me tinha sido apresentado minutos atrás. Quando me aproximei, calhou voltar-se. Não era o doutor Lourenço, nem se parecia com ele.

Virei-me para a Laura.

– Ela já não está aqui. Andará a fazer compras.

Percebi que a minha amiga não me levava a sério. Julguei, de novo, entender o que lhe ia na cabeça: "devia ter mais cuidado com a escolha dos amantes; já bastava ser marido da prima Filomena; ainda por cima, é doido".

Saí do Alfonso sem ter comprado o tinteiro que me fazia falta.

No caminho de volta a casa ocorreu-me uma ques-

tão quase filosófica. Para onde iriam os hóspedes de Lorena quando ela os expulsava dos quartos?

A resposta era óbvia. Deixavam de existir. Eram produtos da imaginação, sem valimento fora das páginas deste livro.

LORENA

O romance de Homero Vilas Boas tem páginas estranhas. As que se seguem parecem ter sido escritas pela Lorena.

Ontem, saboreei um pequeno triunfo. Terá sido a primeira vez, na minha curta vida, que me senti orgulhosa do que fiz. Haviam de ver a cara do John quando me encontrou no Alfonso e lhe apresentei o Lourenço.

Por que razão chamo curta à minha vida? O John atribuiu-me trinta e tantos anos. No entanto, a contagem dos meus dias começou apenas nas primeiras páginas deste livro. Terei pouco mais de seis meses de existência.

Voltemos à cena do centro comercial Alfonso. Eu andava há tempos a preparar-me para um momento assim. Quando o John está a escrever, abre a estrada da inspiração. Estende, então, uma ponte que transporta da realidade à fantasia. Terá entendido ontem que esse é um percurso que se pode fazer nos dois sentidos.

O meu criador não percebeu, pelo menos de imediato, o que estava a acontecer. Duvido que experiências destas tenham sido vividas por muitos escritores. Ele nem sequer pensou que era a única pessoa capaz de nos avistar, a mim e ao Lourenço.

Acompanhei-o, sem que ele desse por isso, quando foi ter com a namorada. Tinha a estúpida pretensão de nos apresentar uma à outra. Aquela mulher não me poderia enxergar, nem que usasse binóculos. Faltam-lhe os olhos da imaginação.

Conheço bem a Laura. No fundo, não passo de uma cópia dela, esculpida em palavras. Nem sequer sou uma reprodução perfeita. Os meus olhos nunca alcançarão o brilho dos dela. Em contrapartida, creio que sou mais inteligente.

Não sei se gosto da minha sósia. Quer-me parecer que não. De quem é que gosto, afinal?

Do John certamente, apesar de lhe reconhecer mui-

tos defeitos.

Tenho também um fraco pelo escritor que ocupa o quarto número um. Será mais piedade do que outra coisa. O homenzinho não só é impotente, como se mostra incapaz de escrever um único capítulo empolgante, embora se tenha convencido do contrário. Vou-lhe espreitando a escrita. Esse pequeno Henry Miller tropeça nos sentimentos e nas palavras. Fala de sexo sem entender o amor. Anda às voltas e não chegará a lado algum.

O Lourenço enche-me de orgulho. É a primeira criação verdadeiramente minha. De certo modo, é como se fosse neto ou enteado do John Marcuse.

Por enquanto, o meu criador ainda não sabe disso. É natural que, com o tempo, venha a entender o que se passa.

Pus o Lourenço no mundo por várias razões. Em primeiro lugar, para me convencer a mim própria das capacidades que possuo. Em segundo, para lançar a confusão no espírito do escritor que me deu vida. Cá no âmago, gostaria que ele pensasse mais em mim.

O romance do John com a Laura não tem pernas

para andar. Aquela mulher deslumbrou-se com as falinhas mansas e a capacidade intelectual do homem a quem chama Homero. É por esse nome que o conhecem, na outra face da existência. Por outro lado, agrada-lhe servir de modelo a uma personagem de romance. Chego a invejá-la. É que eu gostava de existir de verdade. Afastava a Filomena da vida do John e procurava fazê-lo feliz.

A Laura conta pouco para a minha história. Um dia destes acordará da espécie de sonho em que embarcou. Tem mais de meia vida pela frente. Julgo que a saberá aproveitar.

Por enquanto, continuo a gozar o meu pequeno triunfo. Iria jurar que o John sentiu uma pontinha de ciúme quando me viu tão bem acompanhada.

FILOMENA

Filomena escreveu ao irmão.

Zé:

Ando triste. Não sei que hei de fazer da minha vida.
O meu casamento falhou. Eu e o Homero não nos entendemos nem nos desentendemos. Não discutimos, ou raramente o fazemos. Chego a pensar que seria melhor que nos zangássemos algumas vezes.
Vivemos na mesma casa, mas é quase como se fôssemos estranhos. Falamos pouco e, habitualmente, de assuntos banais. Nunca abordamos o nosso passado, nem o nosso futuro. Há muito que fechámos, um ao outro, os corações.
Se, ao menos, tivéssemos filhos... Poderiam trazer-me preocupações, mas sempre me fariam companhia.

Sinto-me tão sozinha...

Mesmo quando estou sentada frente ao Homero, não escapo à solidão. Esse homem enfiou-se numa espécie de carapaça. Vive para os livros e só escreve sobre sexo, tanto quanto sei. Comecei a ler o primeiro romance dele, há uma data de anos, mas não fui capaz de o acabar. Até estranho que suas as obras se vendam tão bem. Se calhar, se prestassem, ficavam nas prateleiras...

O meu marido parece um homem normal, mas não é. Há qualquer coisa nele que não bate certo. Deus me perdoe, mas chego a ter pensamentos maus.

Nunca pensei que o destino me reservasse uma vida assim.

Não sou vaidosa, mas acho que merecia mais. Nem pretendia muito: bastava-me um pedaço de normalidade. Sabes que sou uma pessoa simples, de feitio relativamente dócil e sem ambições desmedidas. Um marido carinhoso, uma casa, um emprego, um par de filhos, era tudo com que eu era capaz de sonhar. Não calhou dessa maneira.

Desculpa que te fale deste modo, mas já me passou

pela cabeça arranjar um amante e trair o Homero, para ver se me sentia viva. Tolices... Aventuras dessas não estão ao meu alcance. Fui educada doutra maneira. Não sou capaz de me portar de modo diferente.

Não vejo soluções para a minha vida. Vou-me aproximando dos cinquenta e cinco anos e as únicas coisas que me proporcionam algum conforto são dar aulas e ver os alunos bem preparados para os exames.

Tenho demasiados vazios na alma.

Queria tanto viver!

Terei de me adaptar à tristeza. Resta-me a certeza da tua amizade.

Desculpa aborrecer-te com os meus desabafos.

Tua irmã que te quer bem

Filomena

KAMASUTRA

Homero Vilas Boas parece perturbado. Andará à procura de alguma coisa que lhe falta na alma. Pelo que sei, dificilmente a irá encontrar.

No dia do meu aniversário, a Lorena ofereceu-me uma prenda bem embrulhada, com lacinho e tudo. Pelo formato, tanto poderia ser um livro como um caixa de chocolates. Fiquei lisonjeado com a oferta, mas fingi modéstia.

– Sabes, Lorena? Na idade a que cheguei, as festas de anos ganham um sabor amargo.

– Deixa-te de lamúrias e abre o presente. Não sei se te irei oferecer mais algum. Nem sequer estou certa de que mereças este...

Abri o embrulho. Continha um exemplar do Ka-

masutra com encadernação de luxo. Abri-o. No final do texto e das ilustrações, havia uma dúzia de páginas em branco.

– O livro está inacabado – comentei.

– E não é melhor assim? Achas que já foram descritas todas as formas de sexo? Não haverá nada a acrescentar? Tu és escritor. Dizem que tens uma grande imaginação. Veremos o que vales.

Olhei-a com ar pensativo, antes de lhe responder

– Julgo que, nesta área, já foi tudo experimentado. Se vires bem, as combinações possíveis nem são muitas.

Finda esta conversa, saí da casa que partilhávamos. Como os leitores terão reparado, utilizei o apartamento onde moro para situar a minha novela.

Fui ter com a Laura a um café que ficava perto.

A minha amante não me deu prenda, mas felicitou-me com carinho. No entanto, não perdera o espírito irónico.

– Julgo que sabes que sou cinéfila. Passou, há pouco tempo, no clube de cinema, uma retrospetiva do realizador sueco Ingmar Bergman. Ouviste falar dele?

Sacudi a cabeça para abanar os cacifos da memória e consegui fazer saltar uma recordação.

– Sim! Morangos Silvestres...

– Já o vi. Dizem que é um dos melhores trabalhos dele. Mas eu quero falar do Sétimo Selo. É uma visão apocalíptica do mundo, com a peste a ceifar vidas a eito. A Morte também é protagonista do filme. A dada altura, aproxima-se do herói, um cavaleiro regressado da Terra Santa e pergunta-lhe: "Quantos anos tens?" O cruzado fita o interlocutor, um velho calvo que usa hábito de frade. Não desconfia da pergunta e responde: "Quarenta e seis". A Morte sorriu. É estranho o modo como o realizador foi capaz de lhe colocar nos lábios aquele sorriso sábio e triste. Comentou: "Esses são os que já não tens. Os que te restam são muito menos".

– É sempre bom saber que há alguém disposto a animar-nos...

A Laura tinha de acabar um trabalho para a Faculdade. Foi embora, mal bebeu o café. Eu voltei para casa.

Passei o resto do dia frente ao computador, às voltas com a Lorena. Parecia-me ridículo vigiá-la, pois ela é criação minha. Ainda assim, seguia-a discretamente quando entrou no quarto número dois. Não presenciei qualquer novidade – foi mais do mesmo. Sou, porém, forçado a admitir a possibilidade de ela ter dado por mim e refreado o comportamento.

Julgo conhecer cada pormenor da vida da Matilde/Lorena. Ainda assim, essa mulher mostra-se capaz de me surpreender. Aconteceu assim quando a encontrei no centro comercial com um companheiro novo. Sei que lhe atribuí uma personalidade forte e lhe conferi certa autonomia nos pensamentos e nas ações. Fui eu que lhe destinei o comportamento desviante. Se ela arder um dia nos infernos, a culpa será minha. Ainda assim, interrogo-me. Será que essa mulher inventou alguma forma nova de fazer amor? Pretenderá que eu a descubra e registe as experiências dela no livro que me ofereceu?

PROSTITUTA

Já não sei se fiz bem ou se fiz mal ao apresentar aos leitores o essencial do último livro do doutor Vilas Boas. Atingido este ponto, parece-me que o mais acertado será continuar.

A dada altura, Lorena resolveu dar mesmo em puta. Inscreveu-se num sítio da Internet, colocou lá uma fotografia em que não se via o rosto mas as nádegas sobressaíam e iniciou-se no negócio do sexo pago.

Obviamente, não precisava de dinheiro e não o procurava. As necessidades de uma personagem de novela são limitadas: não se alimenta e bebe pouco; não paga o aluguer da casa que habita e os vestidos são ao preço da imaginação. O que ela pretendia era viver experiências novas e, eventualmente, aprender com elas. Falava em conhecer melhor o mundo real.

Como precisava de um quarto vago para receber os amantes de ocasião, expulsou de casa o moço moçambicano. Já ali morava há perto de três meses e a minha criatura começava a ficar farta dos acordes de "Emanuelle".

Era por correio eletrónico que comunicava com os fregueses. Acordava com eles o custo dos seus favores e os horários de trabalho.

Ia recebê-los à porta. Tinha o cuidado de prevenir os hóspedes fixos da vinda de visitas e de lhes pedir discrição.

Os indivíduos que a procuravam ou eram muito novos, ou começavam a envelhecer. Os homens na força da vida eram poucos. Idosos propriamente, não os havia, pois eram incapazes de aceder à Internet. Os que alugavam os seus serviços eram quase todos feios. Aconteciam exceções, mas os mais atraentes conseguiam facilmente sexo de borla com amadoras. É claro que sempre houve e, provavelmente, sempre haverá quem encontre um prazer especial em meter-se entre as pernas das prostitutas.

Lorena notou que os seus fregueses estavam quase todos mal preparados para as lides do sexo. Alguns eram tão inaptos que lhe chegavam a despertar o instinto maternal, apesar de muitos contarem quase o dobro da sua idade. Eram geralmente toscos e mostravam pouca imaginação.

Confidenciou-me, certa vez que nos encontrámos:

– Fiquei dececionada com esta experiência. Querem todos o mesmo. É como se entrassem num supermercado e escolhessem comida enlatada. Não são capazes de variar, nem de fazer carícias, ou de dizer frases agradáveis.

– Não é isso que procuram...

– Eu aconselhei uma vez um jovem bonitinho: devias aprender a fazer amor; depois, eras mais apreciado na cama. Sabes o que me respondeu?

– Irei saber quando mo contares...

– Declarou: não vim aqui fazer amor, mas esvaziar os colhões. Lancei-lhe uma praga.

– Não te conhecia esses dotes...

– Não a proferi em voz alta e ele ainda não sabe dela. Mas vai ser corno. De certezinha!

– Já pensaste que podias apanhar alguma doença?

– É pouco provável. Faço-os usar sempre preserva-

tivo.

– E eles aceitam colocá-lo?

– Que remédio têm... Se algum se recusa, eu chamo o Sebastião. É um cão que inventei. Tem um feitio péssimo, mas adora-me. Basta-lhes ouvi-lo rosnar à porta. Acagaçam-se logo. Até a tesão se lhes vai...

Prossegui:

– Ao ouvir-te, chego a pensar que te estás a dedicar a uma experiência pedagógica...

Os olhos azuis dela luziram.

– Acho que o governo devia criar escolas de sexo. Uma mulher deve ser senhora no salão e puta na cama.

– Sempre houve casas de putas, sem que fosse preciso o Estado meter-se nisso.

– Ainda as há? Julgava que tinham sido proibidas.

– Lá proibidas foram... Continuam a abrir aqui e ali. Nenhum governo foi alguma vez capaz de controlar esse negócio.

– Já frequentaste alguma?

– Com certeza... Na juventude. Desencantei-me cedo delas.

— *Ao menos, devia haver aulas de sexo nas escolas oficiais.*

Olhei-a e ri-me.

— *No fundo, és uma ingénua. Não te ofendas com as minhas palavras, mas vê-se bem que não pertences a este mundo. A hipocrisia vigente na nossa sociedade nunca iria permitir uma coisa dessas. Muitos pais e mães preferem pensar que as filhas seguem virgens até ao casamento. Admiram-se por algumas engravidarem na adolescência.*

— *Em consequência desse modo de pensar, os filhos das pessoas com quem convives não sabem fazer amor. As filhas também não...*

— *Isso tem menos importância do que pensas. A Natureza lá segue o seu caminho. Para procriar, não é necessária grande teoria.*

— *Eu sou uma especialista!*

— *Claro! Ensinei-te muita coisa.*

Um par de meses depois de ter começado aquela atividade, Lorena retirou o anúncio da Internet, o que não impede alguns fregueses agradados de lhe continuarem a *bater à porta.*

Ela umas vezes abre e outras não.

E SE A FÉ LHE FIZESSE FALTA?

Continuamos a espreitar o livro inacabado de Homero Vilas Boas. O escritor partilha com os leitores as suas preocupações com o processo criativo.

Não se podem voltar a criar personagens do modo como Deus o terá feito, recolhendo barro do chão e moldando-o à Sua imagem e semelhança. A verdade é que ignoramos se o Todo-Poderoso possuía um espelho e pouco sabemos sobre as suas capacidades artísticas. Dito de outro modo, não é certo que sejamos parecidos com Ele.

Os seres feitos de palavras são tão frágeis e vulneráveis como os restantes. Têm as mesmas necessidades de companhia e de afeto. Precisam assentar os pés num chão que conheçam bem e querem saber de quem são filhos e netos. Ficarão para sempre incompletos se o autor lhes não colar à memória carinho materno e beijos de avós. Se lhes forem atribuídos irmãos, será forçoso que compartilhem com eles recordações boas e más.

Hão de pretender guardar lembranças dos companheiros de escola e de folguedos. Quererão saber dos factos relevantes das suas existências, antes de serem admitidos na novela.

Reconheço que não fiz nada disso com a Lorena. Plantei-a de rompante na minha escrita. É certo que lhe delineei um perfil psicológico, mas não lhe atribuí um passado e, o que será pelo menos tão mau, não lhe perspetivei um futuro. Lorena não tem de quem se lembrar na solidão do leito, nem se pode aquecer com referências amigas nos dias frios de inverno. Não lhe dei pai, mãe, irmãos nem amigos. Não recorda o primeiro namorado, nem os beijos que trocou com ele, às escondidas.

Não tem ninguém por quem sentir saudades. Nasceu adulta e disposta a ocupar o nicho que lhe reservei no enredo, representando o papel de si própria.

Se eu a fizer passar por momentos de desespero, não terá a quem se arrimar.

Aceito que teria sido misericordioso dotá-la de fé num Deus qualquer. Não seria preciso que eu me tornasse religioso. Bastaria dar-lhe a capacidade de rezar.

Aprendi recentemente que a relação entre o escritor e os seus personagens assenta na reciprocidade. Não se trata de "robertos" de feira, cujos cordelinhos se vão puxando enquanto se lhes colam às bocas palavras escolhidas. Não! Uma vez criadas, as figuras de romance ganham existência real e, até, certa independência. As vicissitudes a que as obrigamos ao longo da novela também nos afetam. Será compreensível que algumas nos queiram bem e outras mal.

As que se mostram agastadas com os percursos que lhes marcámos não podem reagir diretamente. São, contudo, capazes de influenciar os nossos sonhos e, por vezes, de desviar a nossa caneta para frases que não pretendíamos registar.

Sou dos que acreditam que o que se escreve passa a constituir uma realidade nova. Os personagens de ro-

mance ganham existências plenas e devem cumprir os seus destinos

PASSEIO NUM BARCO INVENTADO

Deixei-me prender pelos relatos de Homero Vilas Boas. Se o meu entusiasmo não for transmitido a quem ler, o texto irá tornar-se maçador.

Será tarde para parar. Aqui vai mais um bocado.

Levei a Lorena a passear de barco. Não o poderia fazer com a Laura, que é criatura de pele e osso, incapaz de navegar num barco inventado ou, pelo menos, relembrado. O meu velho Gavião apodreceu na praia de Galapos há uma dúzia de anos.

No mundo da ficção, os escritores detêm uma migalha do poder dos deuses. O Gavião fora construído em madeira. Media cinco metros, da popa à proa, e era semi-

cabinado. Ali estava agora de novo, garboso, a cavalgar as ondas para as quais fora criado. Parecia experimentar o prazer duma criança no recreio.

Se não conhecem a Baía de Setúbal, deveriam visitá-la. É linda como poucas.

Junto aos contrafortes da Arrábida, as águas são fundas. Ganham a cor azul escura, quase violeta, que só é entendida na plenitude pelos afogados. A maré sobe e desce duas vezes por dia, desde que o nosso planeta capturou um satélite. Há que estar atento a ela, pois nascem das ondas areias gulosas que são capazes de prender uma embarcação por muito tempo.

A maré estava a subir e soprava uma aragem de norte. Com a corrente e o vento a virem do mesmo lado, as ondas eram baixas. Ainda assim, receei que a Lorena enjoasse, mas não. Quem estranhou o balanço fui eu. Desabituara-me de conviver com a ondulação e cheguei a sentir-me incomodado. A gente habitua-se rapidamente ao mar e desabitua-se ainda mais depressa. Felizmente, o arremesso de enjoo logo se dissipou.

Quando nos afastámos da costa e de olhares estra-

nhos, a Lorena apressou-se a sacar a roupa fora. Gosta de andar à vontade. Ocorreu-me então a ideia de que ela estaria sempre despida, por mais vestimentas que a cobrissem. Na Lorena, a nudez é um estado de alma. Quase me surpreendeu esta constatação. Não era coisa que devesse acontecer, uma vez que a criei propositadamente assim.

A minha companheira de navegação engraçou com a cana do leme. Não é uma cana, mas um pau e tem na extremidade uma bola que lhe confere um vago aspeto de falo. Cavalgou-o, frente à minha mão direita e começou a roçar-se nele.

– Caramba, Lorena! Assim não consigo governar o barco. E é escusado fazeres isso. Há um homem a bordo.

Desenhou nos lábios bonitos aquele sorriso zombeteiro que sempre me encantara.

– Há mesmo? Demonstra-o!

Não o poderia fazer com uma pessoa inventada. Seria uma forma de masturbação. Já não sei o que lhe disse. Inventei uma desculpa qualquer e, logo que pude, conduzi a embarcação de volta ao ancoradouro.

SONHO DO ESCRITOR

Desta vez, nem a Lorena, nem a Laura são objeto da atenção do escritor.

Neste capítulo, o doutor Vilas Boas revela-nos um sonho. Não diz se aconteceu uma única vez, ou se se repetiu.

Sonho que mergulho no mar e vou até ao fundo.
Encontro lá deuses. Parecem vivos. Olham a claridade que escorre do cimo, com olhos transparentes. Parecem esperar as homenagens dos devotos.
Não me falta o ar. É como se eu fosse um ser marinho. Passeio por ali tranquilamente.
Vejo uma esfinge enorme. Tem o nariz inteiro e sorri.
Encontro também estátuas de falos. Uma é de granito vermelho e mede alguns cinco metros. Terá vindo de

Sodoma.

Tantos navios afundados! Caminho no meio deles. Estão parcialmente cobertos de areia. Tantas vidas perdidas, tantos sonhos afogados!

No meio deles, está uma estátua do deus Bés. Tem um chocalho na mão. É um anão barbudo, feio e gordo.

Na pedra, esculpiram-no mais alto do que eu. Lembrei-me de que, nas pinturas egípcias, não é representado de perfil, como é costume, mas sempre de frente. Ninguém sabe de que terra veio. Os povos do delta do Nilo importaram muitas crenças. Será africano, talvez de algum país a sul do grande deserto. É um deus bondoso.

Segundo as minhas leituras, protegia essencialmente a criança durante o parto. Enquanto decorria o nascimento, o anão barbudo dançava perto, agitando o seu chocalho e gritando para afugentar os demónios que se aproximavam para fazer mal ao pequeno ser que vinha ao mundo.

Mais tarde, enquanto o bebé crescia, o deus gordo vigiava ao lado do berço. Se a criança gargalhava sem razão aparente, acreditava-se que era Bés, escondido dos adultos, quem lhe fazia caretas.

Não sei por que me terá dado para sonhar com o deus Bés, sobre quem li alguma coisa, num tempo ido. Não foi o suficiente para ficar a conhecê-lo bem.

Não me calhou ter filhos que precisassem de proteção.

Diz-se que tudo o que acontece no mundo é efeito de alguma ação e se torna, necessariamente, causa de outras. Se me tivesse sido dado ter crianças, talvez me tornasse um homem diferente. Imagino que mudaria para melhor, embora tal esteja longe de ser certo.

Anos atrás, eu e a Filomena ainda falámos em adotar um menino, mas a ideia não foi avante.

LAURA E LORENA

Cá andamos nós às voltas com a imaginação do doutor Vilas Boas.

Encontrei na gaveta do meio da minha secretária uma fotografia de Lorena no confessionário da quinta. Não fui eu que a tirei. Pelo menos, não me lembro de o ter feito.
Sempre gostei de artimanhas. Uma vez por outra, prego rasteiras a mim próprio.
A interpretação mais simples para o facto de uma mulher se encontrar nua num confessionário tem o nome de profanação. O ato de intrometer lascívia num local ou num objeto de culto remete para a ideia de pecado em letras gordas. No entanto, a imagem que observo agora

não sugere um comportamento pecaminoso. A nudez de Lorena poderá ser total: de corpo e de alma. Foi assim que a pretendi representar: como uma forma extrema de inocência. O véu não será uma provocação, mas um sinal de modéstia. A mulher expõe-se toda e parece esperar ser compreendida e perdoada do outro lado da janelinha de reixa.

Não sei que pecados pretende confessar. Nasceu para o sexo. Não deveria deixar-se atormentar por seguir os seus instintos.

Na fotografia que tenho nas mãos, Lorena enfrenta propositadamente a objetiva. Parece querer transmitir um recado ou um testemunho. Reparo agora que tem lágrimas no rosto. Sei que estou a ser estúpido, mas nunca pensei um dia ver aquela mulher chorar.

Devagar e pouco a pouco, vou construindo o meu entendimento da situação. O que atormenta Lorena é não existir interlocutor. Não há ninguém do outro lado da estreita rede de madeira. Não há ouvidos que a escutem, por mais pecados que confesse. Tanto Deus como os seus representantes estão ausentes. A condenação foi pro-

ferida antecipadamente.

Por quem chorará Lorena?

Não será pelo moçambicano de pénis longo que tocava sempre a mesma música na viola, embora tivesse tido tempo de sobra para aprender outras melodias. Dificilmente o fará pelo bêbado impotente que a receia e venera com olhos bovinos. Será pelo admirador de Henry Miller que escreve na sua máquina antiquada e parece incapaz de levar avante qualquer projeto?

E se fosse por mim?

Entretenho-me com essas conjetura que não levam a lado algum. Há perguntas que se fazem para ficarem sem resposta.

Resolvi comparar a fotografia da Lorena com as imagens que guardei da Laura no meu computador. Imprimi-as. As semelhanças entre as duas mulheres são óbvias, mas não totais. Talvez Lorena seja alguns centímetros mais alta, embora seja difícil avaliar isso com precisão. Os seios da Lorena são maiores e os mamilos mais escuros. As sobrancelhas e o pelo púbico dela são mais castanhos que acobreados. Quanto ao cabelo e aos lábios, são iguaizinhos, como se tivessem sido nutridos pela mesma placenta.

Desliguei o computador e voltei a guardar na gaveta a fotografia impressa. Fosse quem fosse que a tivesse tirado, realizara um bom trabalho.

Faltava pouco para a meia-noite e fazia bom tempo. Saí do escritório. A luz do quarto da Filomena estava apagada. A minha mulher levantava-se cedo e cedo se deitava.

Desci a escada, vesti um casaco leve e dei uma volta pelo parque que fica do outro lado da rua. Passeio ali muitas vezes. São momentos de descontração, o que é bom para a escrita. Não raro, saltam do escuro e instalam-se-me na cabeça ideias novas.

Laura e Lorena, Lorena e Laura... Tão parecidas e tão distantes...

Laura é uma mulher ainda jovem, na pujança da vida. Poderá tecer boa parte do destino com as próprias mãos. Eu represento uma pedra no seu caminho. Como outras, está condenada a ser deixada para trás.

Lorena é fisicamente quase idêntica, mas tem menos

tempo em frente. Está agarrada a mim. Começo a sentir de forma clara que, dentro de um par de semanas ou meses, porei fim ao meu livro. Irei ocupar-me de um trabalho novo, com a mesma intensidade de sentimentos que coloco em tudo o que faço

Lorena e Laura... E se conhecessem uma à outra?

Quando regressei do parque, ainda não tinha sono. Entrei de novo no escritório. Ao acender a luz, aguardava-me uma surpresa. Alguém aproveitara a minha ausência de meia hora para me trazer outra fotografia.

Desta vez, tinha sido ostensivamente colocada na tampa da secretária de pau-santo, embora estivesse com a imagem impressa virada para baixo. Não poderia ter sido a Laura a deixá-la, pois não tinha a chave da casa. A minha mulher estava fora de questão. Restava a Lorena.

Peguei na foto. Eu, que chego a gabar-me de me espantar com poucas coisas, estremeci. Laura e Lorena estavam juntas na cama, com as cabeças em direções opostas. O corpo da Lorena dera uma volta de 180 graus para permitir que se encaixassem uma na outra.

Quem as teria fotografado? Era precisa uma terceira pessoa, a menos que tivessem recorrido ao disparador automático. Ainda pensei que Lorena tivesse chamado ali o bêbado ou o escritor quase sem queixo, mas as imagens estavam mal enquadradas e incluíam demasiado espaço morto. Deveriam ter sido obtidas com o relógio da máquina.

As duas mulheres eram parecidas como gotas de água. Mesmo eu encontrava, por vezes, dificuldade em as diferenciar.

Já tinha visto filmes de lésbicas na Internet. Aquela posição era convencional. O extraordinário era parecer tratar-se de uma cena de sexo entre irmãs gémeas, o que configuraria incesto. Havia outra novidade perturbadora: era figurarem juntas uma mulher real e outra inventada. Receei estar a perder a saúde mental e a confundir a realidade com a ficção.

Quem deixara ali as fotografias pretenderia transmitir-me algum apelo. Seria a Lorena a dizer-me que aspirava escapar-se para o mundo de cá. O espaço que eu lhe reservara nas páginas do livro devia parecer-lhe de-

masiado confinado. Talvez tivesse obrigado um dos seus hóspedes a fazer de moço de recados.

Tanto dava. Tratava-se de uma provocação, um desafio ao meu poder criador. Lorena havia de sentir-se ameaçada, à medida que o livro ganhava corpo. Recearia o fim próximo. Imaginei que procurava convencer-me a fazer dela heroína de série, de modo a prolongar-lhe a vida fingida em novelas futuras.

Por outro lado, nunca me tinha passado pela cabeça a ideia de que a Laura tivesse tendências lésbicas. Quanto à Lorena, não fora assim que eu a descrevera.

E se partilhássemos ambos o mesmo romance? Entrar num livro seria tarefa fácil. Eu tinha a faca e o queijo nas mãos. Poderia fazer de herói ou de vilão, de personagem principal ou de comparsa. Se pretendesse centrar os holofotes na minha pessoa, escreveria uma autobiografia.

Encolhi os ombros e resolvi deixar andar a minha escrita sem tutela.

HOMERO E LAURA

Decorreu uma semana.

A minha mulher tinha ido passar dois dias com a irmã, que morava no Porto e adoecera. Eu e a Laura estávamos na quinta. Ela tinha um ar invulgarmente preocupado.

– Já experimentámos tudo o que sabíamos em matéria de sexo. Ensinei-te duas técnicas e tu deste-me a conhecer meia dúzia delas. Foi bom, mas acho que não temos nada mais a aprender um com o outro.

– E será preciso inovar sempre?

– Acho que sim. Daqui para a frente, entraremos no círculo das repetições.

– Não vejo nada de mal em repetir.

– Vejo eu. O sexo tem de ser inovador. Cada vez que se despem, os amantes devem apresentar um ao outro

ofertas novas!

– Não me parece que as coisas funcionem assim. Há casais que fazem amor sempre da mesma maneira, ao longo de dezenas de anos, sem se fartarem um do outro.

A minha interlocutora estava determinada.

– São histórias baças que deveriam acabar mais cedo. A monotonia instala-se e toma conta das vidas. Sem uma fantasia, sem uma inovação, as pessoas acomodam-se e entristecem.

– Não estou de acordo contigo. Há muito mais na vida, além do sexo. Entretanto, geram-se filhos e veem-se crescer. Esse é o objetivo maior do desejo sexual.

– Eu não quero ter filhos! Não quero envelhecer!

– Acho que tens é pavor de crescer. Receias o mundo. O desejo renova-se dia a dia, ou de tantos em tantos dias, conforme a idade e a natureza de cada um. O sexo nunca foi a finalidade principal da vida.

– Então, qual é?

– É simplesmente viver. Entendes isso?

– Não estou certa de querer entender.

Anoitecia. Os morcegos começavam os voos sincopa-

dos em busca de insetos voadores. A lua punha-se e a escuridão tomava conta do nosso pequeno mundo.

– Foste tu que me chamaste para esta aventura, com as fotografias à secretária e no confessionário. Nunca falei nisso, mas a do confessionário impressionou-me. Foi como se estivesse na ponta do mundo a chamar por Deus e não avistasse ninguém do outro lado.

– Sabes que não sou crente, mas não pretendo ser dono de todas as certezas. Estou convencido de que, se o quiseres verdadeiramente encontrar, deverás procurá-lo no teu coração e não lá fora.

– Parece-me tarde para isso.

Olhei a minha companheira. A escuridão crescente apagava-lhe as feições. No escuro, deixava de ser bela. A única beleza possível sem luz há de ser a da música.

Eu nunca dera conta da dimensão da tristeza que lhe entrara na alma. A vida ferira-a mais fundo do que era capaz de admitir. Eu tinha-lhe acendido um balão de ilusões. Os balões do Santo António somem-se depressa no céu. Deixarão, quando muito, uma ou outra lembrança gratificante. Via-se bem que ela não era criação minha.

Os meus personagens raramente deixam que a infelicidade tome conta deles durante muito tempo. Acho que nunca desesperam.

Fizera-se noite cerrada. As estrelas luziam no alto com uma exaltação impertinente. Era como se gritassem: nós somos grandes e brilhantes; vocês não passam de grãos de poeira.

Percebi, naquele instante, que perdera a Laura de vez. Nunca deveria, sequer, ter-me aproximado dela. Eu e a minha obra literária...

Nessa noite, não fizemos amor.

LORENA

Eu deveria ser modesta, mas não sou capaz de me assumir dessa maneira.

Sei bem que não passo duma figurante num mundo de ficção. As minhas características físicas e o meu comportamento foram determinados pelo John Marcuse.

Curiosamente, trata-se de um homem que compreende mal as mulheres. Tem imaginação, mas falta-lhe sensibilidade. Às vezes, penso que chego a perceber melhor do que ele o universo em que ambos vivemos.

É fácil entender que sou uma pessoa incompleta. Serei uma espécie de Barbie, pelo menos aos olhos do John.

Não sou uma mulher como as outras. Nunca tive uma falha menstrual, nem uma única dor nos dias que antecedem o período. A verdade é que nunca fui menstruada. Não preciso de andar com pensos higiénicos na malinha de mão. Nunca engravidei, apesar de o meu criador não se ter lembrado de me mandar tomar a pílula.

Há outras coisas. Sabem que, em toda a vida, nunca li um livro do princípio ao fim? Contentei-me com o folhear de umas tantas revistas. Tão pouco vi um filme, ou mesmo um episódio completo duma série televisiva. Essas coisas não contam para um escritor como o John Marcuse, para quem as mulheres não passam de símbolos do outro sexo. Devem provocar, nos homens, os sonhos e o desejo. O resto não lhe importa.

Não cheiro a nada. Não uso perfumes, porque não são precisos. Nem sequer me lavo, a não ser que ele considere adequado descrever, em algum capítulo, o meu corpo molhado. Nunca tive dores de cabeça, nem diarreia. Não me lembro de ter adoecido com gripe, nem de sentir dores nas costas.

Depois, tenho sempre a mesma idade. As páginas decorrem sem que eu envelheça.

Comparo-me às mulheres das fotografias das revistas cor-de-rosa que vou comprar ao centro comercial, que fica aqui perto. Saio pela porta da biblioteca e caminho *até lá, aos fins de tarde, quando ele se ausenta para conversar com os amigos de Coimbra. Essas famosas também existem poucochinho. Vendem imagens que nada têm a ver com as próprias vidas.*

Às vezes, gostava de conhecer os amigos dele. Sei, contudo, que isso não passa de um desejo tonto. Eu farei parte da vida do John Marcuse enquanto ele precisar de mim, mas tenho pouco a ver com o doutor Homero.

Sendo personagem de ficção, não deveria experimentar angústia, fora das cenas em que o meu criador entende que ela é adequada. No entanto, conheço a tristeza. Passo noites em claro, a pensar nesta meia existência, sem raízes e, aparentemente, sem futuro. Acho que o John me deveria colocar na mesinha-de-cabeceira alguns comprimidos calmantes. Nem precisavam de ser muito fortes. Foi coisa, porém, que nunca lhe passou pela cabeça fazer.

Para além do anseio de continuar a ser protagonista deste romance, gostaria de saltar para o próximo, em vez de morrer na última página, ou antes dela.

Acalento ainda um sonho especial e quase infantil:

gostava tanto de ter uma bicicleta! Tenho quase a certeza de a saber conduzir, apesar de nunca ter experimentado.

Ao longo da minha curta existência, fui aprendendo a conhecer-me. Gosto de algumas das minhas qualidades e abomino certos defeitos, mas não me foi dado escolher. Acho que na vida real também é assim: uma pessoa não é o que desejaria ser, mas sim o que a hereditariedade e o ambiente determinaram. Acho que o John me transmitiu parte da sua imaginação. Por outro lado, penso ter um querer mais forte do que o dele.

O bêbado triste, o escritor impotente e o mulato de pénis grande são criações dele, tal como a minha pessoa. De certo modo, sinto-me irmanado com os três. Guardo, contudo, um pequeno segredo que o John há de levar algum tempo a desvendar por completo: o doutor Lourenço é criatura minha; fui eu que o inventei.

É um facto de que me orgulho.

Julgo que os personagens de romance também crescem. Serão capazes de evoluir. Se eu tiver tempo para isso, o que não posso ter por seguro, talvez descubra maneira de modificar o John e até de fazer dele um escritor me-

lhor. Gostaria de me tornar capaz de influenciar o meu destino e também o dele.

Às vezes, deixo crescer na alma ideias sombrias. Chega a apetecer-me deitar fogo à casa que habitamos. É que, para mim, não passa duma prisão. São raras as ocasiões em que me atrevo a sair porta fora.

A casa é antiga. Foi construída antes de existir cimento, e tem soalho de madeira. As paredes internas são de pau a pique. Seria fácil de incendiar. Se eu derramasse meio litro de gasolina num dos sofás da sala e lhe chegasse um fósforo, obteria, num instante, uma bela fogueira.

Estou certa de acordaria o John Marcuse, se ele estivesse a dormir a essa hora, para o deixar fugir. Não sei, porém, o que faria com os meus amantes. Acho que deixaria ao John essa decisão. Afinal de contas, foi ele quem os meteu na minha vida.

O Lourenço escapava de certeza, pelo menos das chamas. Fui eu que o inventei e sinto alguma obrigação de o proteger. Confesso que o criei essencialmente para lançar alguma confusão no espírito do John. Gostava que *ele não visse em mim apenas a marioneta. Nunca pensei fazer o Lourenço contracenar comigo durante muito tempo. Ele nunca fez, verdadeiramente, parte do livro do John. Dei-lhe um feitio distraído e despreocupado e não lhe marquei a alma com o ferro da ansiedade. Assim, pouco irá sofrer no momento de desexistir.*

Referir o livro, transporta-me de volta ao John Marcuse. Decidi que não o deixaria morrer no incêndio, se algum dia o ateasse. Os leitores não são tolos e sabem que os personagens de novela dependem do autor, para o bem e para o mal. Se o matasse, estaria a cometer suicídio.

É nestas alturas que me angustio. Que iria fazer do livro, em circunstâncias dessas? Quem me dera vê-lo arder e acompanhar o John para longe desta casa!

LAURA

Ouçamos a Laura. Raramente nos comunica as suias preocupações, se é que as tem. Adentrou este livro de forma estranha. Acho que nunca lhe passou pela cabeça fazer parte do enredo. Nem sequer sei se leu alguma página, para além dos quadros iniciais.

Nos últimos tempos, o Homero anda estranho.

Ele, que costumava falar pelos cotovelos, remete-se agora a longos silêncios.

Parece desconfiado. Olha muitas vezes para os lados, como se receasse a aproximação de qualquer ameaça.

Chega a fitar-me com uma expressão hostil. Modifica-a, logo que repara que eu o observo, mas não disfarça bem. Não sei o que o preocupa, mas encara-me como se eu fosse uma inimiga potencial e lhe pudesse causar dano. Adota uma posição defensiva, à maneira de um gato acossado que se agacha antes de saltar sobre o adversário. Por vezes, penso que me quer fazer mal.

O Homero não é tão boa pessoa como gosta de parecer. A minha mãe contou-me que, dantes, batia à prima Filomena.

Sinto-me descansada por ele não saber o que começa a passar-se entre mim e o Luís. Algum dia terei de lho contar, mas ainda me parece pouco oportuno. É difícil dizer ao amante que o vou deixar porque encontrei o homem da minha vida.

Não sou habitualmente uma pessoa crédula, mas chego a pensar que cada passo que dei na vida, com voltas, reviravoltas, avanços e recuos, foi desenhado por alguém que mora lá em cima, talvez próximo das estrelas, e que me guiou na procura do caminho certo.

Aceitei o pedido de namoro do Luís com algumas reservas. Ainda não fui capaz de lhe confessar as razões por que não me entrego toda a ele.

Hei de fazê-lo quando reunir coragem para colocar

um ponto final na minha relação com o Homero. Aquilo nunca deveria ter começado. Embarquei na história das fotografias. A verdade é que tive sempre vaidade no meu corpo.

Houve outras coisas, certamente. Arrependo-me de poucas.

O Homero está a envelhecer. Desenvolveu, há muito, qualidades que escapam aos mais jovens. Chegam com a maturidade, mas não a todos.

Em matéria de sexo, é capaz de se concentrar na parceira e de deixar para segundo plano o próprio prazer. Uma vez por outra, chega a abdicar dele. Aprendeu que é melhor dar do que receber. Será uma forma nova de sabedoria.

Ainda conheço mal o Luís mas, nesse aspeto, julgo que ficará bem atrás do Homero durante dezenas de anos. Não sei se viverei o suficiente para os poder comparar.

Aconteceu, e pronto! É tempo de pôr termo a esta relação, mas tenho algum receio.

O Luís tenta fazer avanços, mas eu vou-o travando.

Não sou capaz de andar ao mesmo tempo com dois homens.

PREOCUPAÇÃO

O doutor Homero Vilas Boas parece preocupado. Queixa-se da vida, o que nunca tínhamos noticiado antes.

As coisas andam a correr mal.

A minha mulher deixou-me. Conseguiu transferência para uma escola do Porto e foi viver com a irmã e o com cunhado. Sempre se deram bem.

Antes de partir, a Filomena fez-me um discurso desagradável. Deve tê-lo preparado com alguma antecedência. Chamou-me egoísta, disse que eu me importava pouco com ela e com a casa e que só queria saber da escrita. Declarou que estava farta da minha ausência próxima, ou da minha proximidade distante. Alargou-se em recriminações, mas eu ouvira já mais do que preten-

dia e não me dei ao trabalho de as memorizar todas. De qualquer forma, a Filomena nunca apreciou os meus livros. Não lhe respondi e voltei-lhe as costas. Sabia que isso a magoaria.

Acho que o que me surpreendeu foi ela não ter ido embora antes. Há muito que éramos dois estranhos a morar juntos. Será a maldição dos escritores: fazer sentir sozinhos aqueles que têm ao lado.

Não posso dizer que a Filomena me faça grande falta, mas acho estranho jantar e olhar o noticiário da televisão sem companhia. Comecei a beber um uísque todas as noites. Espero que isso não seja o começo do descalabro.

Às vezes, olho para trás e enxergo pouco. Nunca percebi bem por que é que me casei com ela. Pouco tínhamos em comum.

Conhecemo-nos num verão distante, numa praia qualquer. Ela tinha um corpinho bem feito e um sorriso fácil. A Natureza arma ratoeiras aos jovens. Apaixonámo-nos.

Trocámos beijos e carícias, mas a Filomena recusou

sempre grandes avanços antes do matrimónio. Durante séculos, as mulheres recearam que os homens as deixassem com o desejo satisfeito. A minha noiva chegou virgem ao casamento. Mesmo depois de casada, nunca se virou muito para os prazeres da cama. Aprendeu a escusar-se ao sexo e fazia-o com alguma frequência. Fomo-nos afastando.

Tudo isso passou. Entendi, há muito tempo, que nos enganámos um com o outro.

Não sou daqueles que consideram que a culpa mora sempre ao lado. A minha mulher é menos complicada do que eu. Poderia ter-se dado bem com outro homem. O feitio especial coube-me a mim. Mudo de humor com facilidade e tendo a desviar-me dos comportamentos comuns e até daquilo a que chamam bons costumes.

Curiosamente, enquanto eu advogava, éramos mais chegados. Julgo que a Filomena se sentia bem na pele de esposa de um jurista com certo sucesso. Não terá sido por acaso que as Faculdades de Direito e de Letras, apesar das diferenças de idade e de arquitetura, eram quase contíguas. A de Medicina ficava logo a seguir. Em Portugal, os burgueses do século XX pretendiam que os seus descendentes casassem dentro da classe.

Mais tarde, Filomena recusou apostar na minha carreira de escritor. Não achava que essa fosse uma profissão a sério, embora eu, estranhamente, trouxesse bastante dinheiro para casa. Ela não conhecia romancistas com boa reputação. A verdade é que nunca falara com nenhum.

Não tivemos filhos. Os médicos disseram que a culpa era minha. Agora, esse é um problema a menos.

Os meus azares não ficaram por aqui.

A Laura passou a evitar-me. Nunca mais nos deitámos juntos. Nem sequer atende o telemóvel, ou só o faz de vez em quando.

Estou mais preocupado com ela do que comigo. Eu julgo conhecer, melhor ou pior, o caminho que me espera para o resto da vida. Um par de livros mais, uma ou outra namorada e, depois, o esquecimento. Não me parece que volte a casar ou que arranje uma companheira duradoura.

A Laura não é assim. Acabará, dentro de meses, o

curso de Germânicas. A seguir, entrará no desemprego, a menos que aceite um lugar de caixa em algum hipermercado. Escrevo isto sem ironia e até com uma ponta de amargura. É que existem licenciados a mais. Cada vez nascem menos crianças e as turmas não param de encolher.

A verdade é que me apeguei a essa mulher. Não estou apaixonado, mas fazem-me falta a espontaneidade e o tempero de inocência que introduz até na devassidão.

Não sei o que se passa comigo, mas não estou bem. Sinto-me estranho e fragmentado. A passagem fugaz da Laura pela minha vida abriu fissuras que se vão alargando.

Há coisas que não foram feitas para serem partilhadas. Será assim a minha alma.

A casa parece-me demasiado grande. A Filomena far-me-á mais falta do que gosto de reconhecer. Quanto à Lorena, nunca foi minha companheira. Movimentamo-nos em realidades paralelas. Dependemos um do outro, porém os laços que estabelecemos enfraquecem cada vez que me afasto do teclado do computador.

LAURA PERDE O PÉ

Ouçamos de novo as preocupações da Laura. Parece hesitar em pôr em prática as decisões que já tomou quanto à própria vida.

Sinto-me mal, de diferentes maneiras. Nem sei bem explicar o que me vai na alma.

É, um pouco como se entrasse num terreno alagadiço, num dia de neblina, sem saber de que lado fica a terra firme. Perco-me. Avanço e molho as pernas até aos joelhos. Volto para trás e, pouco depois, tenho água até à cintura.

O céu baixa até quase me tocar o cabelo. O espaço entre a neblina e a superfície da água encolhe desmesuradamente. Tudo o que avisto é cinzento.

A dada altura, quase não tenho pé. Não sei para

onde vou, mas sinto qualquer coisa no peito que me diz que vou dar com o rumo adequado.

Não é a água que me assusta. Sou boa nadadora. Quando era miúda (teria nove ou dez anos), entretive-me, uma tarde, a apanhar santolas pequenas na língua de areia que fica ao largo da praia da Figueirinha. O entusiasmo não permitiu contar o tempo e mal dei pela subida da maré. Deixava de se poder caminhar entre a praia e a pequena ilha acabada de formar. Não me preocupei com isso. Prendi à cinta o saquito de rede onde recolhera a minha pesca e nadei para terra. Soube, no dia seguinte, que tinham ali morrido duas crianças pouco mais novas que eu.

Já tenho idade que chegue para ter juízo e projetar adequadamente o meu futuro. Os tempos de arrebatamento ficaram lá para trás, em terras brasileiras.

Não cheguei a apaixonar-me pelo Homero. No começo, agradou-me a ideia de emprestar o corpo e o rosto a uma personagem de ficção. Depois, deixei-me seduzir. Ele sabe dizer as palavras adequadas a cada momento. Tem uma imaginação pouco comum e uma cultura invul-

gar.

O Homero Vilas Boas não serve para mim, nem eu para ele, e não é apenas por causa da diferença de idades. O homem mora num universo muito seu e nunca sairá dele. Poderá ser um bom amante, mas será sempre um péssimo marido.

Ainda não falei das minhas preocupações ao Luís e talvez nem venha a falar. Dificilmente as iria compreender. É engenheiro e vive num mundo traçado a régua e esquadro. Acho que tem pouca inteligência social. Se, um dia, lhe falasse abertamente da minha vida e dos erros que cometi, ele haveria de se esforçar por me perdoar e por me aceitar tal como sou, mas não seria capaz de me entender. Falta-lhe a capacidade de se maravilhar que sobra ao Homero. Quem me dera não o ter conhecido o marido da minha prima Filomena ou, ao menos, não me ter chegado tanto a ele!

AS PORTAS DA FICÇÃO

Continuemos a ler o que o doutor Vilas Boas vai escrevendo. Já me habituei a conviver com ele, se é que espreitar a escrita de alguém é um modo de conviver. Camilo Castelo Branco dizia que ler era uma forma de o autor conversar com quem escreve. Numa relação destas, porém, as palavras fluem num único sentido.

Conhecendo o escritor como o conheço, estaria à espera de sexo e mais sexo. No entanto, parece-me que o homem está a mudar. Tenho curiosidade em saber como irá a novela evoluir. Palpita-me que o final não anda longe.

Sempre me admirou a facilidade com que transponho as portas da ficção, passando do mundo real ao imaginado e regressando quando me apetece. No de lá, nunca fui ator. Ninguém me via ou escutava, para além da Lorena. Limitava-me a assistir. De certo modo, controlava silenciosamente o resultado do meu trabalho.

Agora, as coisas mudaram. Estou a perder a visão no mundo da fantasia.

Começaram primeiro as cores a desbotar. Às tantas, dei comigo num universo a preto e branco. A seguir, as imagens foram-se tornando imprecisas e desfocadas, como se nascesse de algum lado um nevoeiro espesso que cobrisse tudo. Por fim, fiquei quase cego.

É uma sensação estranha, a de espreitar as próprias criaturas e mal as reconhecer. Tentei seguir a Lorena pelos quartos dos hóspedes. Tem um inquilino novo no número dois. Reconheci-o pela voz. É o homem alto e bem posto que me apresentou no hipermercado, quando fez a única incursão de que tenho notícia pelo planeta real. O figurino mantém-se: um homem, uma música, um perfume. A melodia é um fado da Marisa e o perfume é da Carolina Herrera. Nunca os vi fazer amor e não se entende grande coisa pelo ranger da cama mas sei que com ele a Lorena se mostra submissa. Adoça a voz e faz-lhe as vontades.

O bêbado triste ainda lá está. Ouço-o respirar e até ofegar.

O escritor que gostava de ser Henry Miller também não se não mudou. Lá vai matraqueando a velha máquina de escrever. Não sei por quê, acho que nunca chegará ao fim do livro. Uma vez por outra, para fazer a vontade à hospedeira, toma um comprimido de Cialis e lá consegue uma ereção. Na altura do orgasmo, emite baixinho uma lamúria que faz lembrar um choro breve de criança.

Do lado de cá, no mundo real, os meus olhos continuam tão bons como dantes.

Os personagens da novela foram inventados por mim, com uma única exceção. Já direi qual é.

Como é hábito, servi-me de figuras com quem me cruzo na rua ou que observo às mesas dos cafés. Raramente descrevo diretamente corpos ou rostos. As mais das vezes vou buscar os olhos a um, o formato da boca ou do nariz a outro e a compleição física a um terceiro. Depois, colo os retalhos com palavras até obter o aspeto físico adequado a cada personagem.

Nem sempre é assim. A figura do escritor, fui roubá-la inteirinha ao meu barbeiro. Ao contrário de muitos da sua profissão, só abre a boca para dizer "bom dia" ou "boa tarde".

Falarei agora da exceção. Trata-se desse doutor Lourenço. Não o chamei para o elenco do livro. Pelo menos, não guardo memória disso. Acho que foi a Lorena que o engatou numa das suas escapadelas. Não me sinto responsável pelo que lhe possa vir a acontecer.

ANGÚSTIA EM GENTE INVENTADA

Sigamos o escritor. Anda abalado. Parece ter perdido a confiança na vida e deixa que o seu mal-estar escorra para as páginas que vai escrevendo.

É curioso e mesmo chocante dizer coisas assim, mas a verdade é que a Laura e a Lorena são hoje as duas mulheres mais importantes da minha vida. Entendo que poderei ter de pagar um preço elevado por isso.

Habitam mundos separados. Se se cruzassem num caminho improvável, não se avistariam uma à outra. Mostrei-me demasiado distraído quando as tentei aproximar, no Centro Comercial. Era óbvio que não o conseguiria fazer. No fundo, estava a brincar comigo próprio.

Às vezes, um homem gosta de explorar os seus limites, ainda que o percurso até lá siga à beira do abismo.

Há que assentar bem os pés no chão. O único ser capaz de se movimentar entre essas duas realidades é o escritor, e só o faz quando redige ou projeta capítulos novos.

A Laura sabe da existência da Lorena, pois eu dei-lhe a ler os dois primeiros quadros do meu livro novo. Ajudou mesmo a construir a imagem dela, emprestando-lhe o rosto e o corpo. Agora, a Lorena conhecer a Laura era coisa que me parecia impossível. Trata-se quase da sua irmã gémea, da sua equivalente em carne e osso.

Por vezes, a vida assemelha-se a uma caixinha de surpresas. Solta-se uma tampa qualquer e salta de lá um objeto impensável. Verifico agora que, com a escrita, o mundo a explorar se pode encher de enganos e até de perigos. Há mais. Deparamos com pedaços de nós próprios difíceis de integrar no todo que julgávamos ter construído. É um pouco como se semeássemos pedaços de espelhos no caminho e nem sempre reconhecêssemos os fragmentos de imagem que nos são devolvidos.

Lorena é criatura minha. Nunca pensei que pudesse conhecer-me tão bem, quase como eu a ela. É como se o criador fosse parcialmente recriado pelos produtos da sua fantasia. Chego a imaginar que um escritor se pode ligar às figuras que idealiza por laços que se apertam dos dois lados.

Julgo entender o episódio das fotografias aparecidas na minha secretária. A verdade é que o móvel não é só meu. Pertence também à Lorena.

Verifico que sou mais transparente do que pensava. A Lorena consegue entrar na minha alma e olhar com os meus olhos o mundo de cá. Reconheço o perigo desta exposição, mas não vejo outra volta a dar ao que se está a passar.

Os acontecimentos encadearam-se uns nos outros. No intento de influenciar o próprio destino, Lorena convenceu-se de que era capaz de modificar o meu modo de estar no mundo. Atreveu-se a imprimir-me na alma imagens impensáveis de sexo entre uma mulher comum e outra tecida unicamente de palavras.

Quis-me fazer crer que a minha amante me traíra

com uma das minhas criaturas. Pelo menos, tentou confundir-me.

Laura não sabe dessas fotografias. Elas não existem no mundo em que vive. Se lhe falasse delas, iria chamar-me mentiroso. Poderia mesmo sugerir que me estava a abeirar da loucura. Falarei com ela mais tarde, se me atender o telefone, embora não saiba bem o que lhe dizer. Gostava que não se afastasse de mim.

Quando à Lorena não sei como a abordar, agora que a novela vai adiantada.

O episódio das fotos foi, claramente, um ato de revolta da criatura contra o seu criador. De certo modo, pretendeu imitar-me. Resolveu tomar a iniciativa e interferir no enredo.

Seria demasiado fácil, para mim, punir a rebelião. Os escritores detêm uma soberania quase inquestionável sobre os seus personagens. Poderia fazer com que um dos amantes a assassinasse, expulsando-a assim das páginas finais da minha obra. O bêbado, por exemplo, seria capaz de a envenenar. Uma alternativa consistiria em levá-la ao suicídio, retirando-lhe da alma a serotonina que per-

mite a alegria nossa de cada dia e convencendo-a da ausência de futuro para o seu papel no livro que partilhamos.

Sei que não o farei. Não sou vingativo. De certo modo, sinto-me responsável por ela. O livre-arbítrio não é ferramenta a que lhe tenha dado pleno acesso.

Estou a tempo de imaginar mais alguns quadros para a novela, mas arrisco-me a ser redundante. De qualquer forma, isso significaria apenas um adiamento. Gosto de dizer que cada livro sabe o seu tamanho. Tanto eu como a Lorena entendemos que a nossa ligação vai chegando ao fim.

Nunca me acontecera antes rastrear tanta angústia numa personagem de ficção. Esta mulher parece querer sobreviver a todo o custo. Pode ser que calhe assim. As obras, por vezes, duram mais que os seus autores.

LAURA PARTIU

Continuemos a ler o que o doutor Vilas Boas vai escrevendo. Já que chegámos até aqui, será melhor segui-lo até ao fim do livro.

A Laura desapareceu, sem deixar aviso nem dar justificações.

Faltou ao último exame escrito. Poderia ter concluído uma parte do mestrado nessa manhã. Depois, teria apenas de defender a tese.

Sumiu, como se se tivesse evaporado. Já não me atendia o telemóvel há um par de dias mas, agora, nem a mãe sabe do seu paradeiro. A senhora está preocupada.

Há quem diga que voou para o Brasil, para se juntar de novo ao seu antigo amor. Outros opinam que morreu dum aborto mal feito e que a parteira a encaminhou para a morgue com um nome falso. Há ainda quem sugira que a envenenaram, embora ninguém aponte suspeitos ou motivos. Não é o tipo de pessoa de quem se espera que ponha termo à própria vida, mas a hipótese de suicídio também foi aventada.

Confesso que ainda fui espreitar ao poço da quinta. Poderia ter sido vítima de uma crise aguda de depressão. Não havia qualquer corpo a boiar e já tinham passado dias suficientes para vir à tona, a menos que tivesse metido pedras nos bolsos.

A Laura faz-me falta. Tenho saudades dela. Não guardo lembrança clara da última vez que nos encontrámos. Vejo tudo mal focado. Há, porém, uma recordação turva e imperativa que me visita.

Nessa memória, a Laura acompanhou-me à quinta, mas recusou despir-se.

— Homero! Estes meses que passámos juntos foram bons, mas não se podem repetir. Há muitas coisas a separar-nos... A começar pela minha prima. É boa pessoa e quase endoideço ao pensar que ela pode vir a descobrir a nossa relação. Embora te tenha deixado, pode voltar.

Mesmo que o não faça, a minha culpa permanece igual. Mas há mais. És um homem velho. Eu quero casar e ter filhos e é óbvio que os não posso fazer contigo. Depois de morreres, quem é que os iria criar? Não te quero magoar, mas vou deixar-te. Conheci o Luís. É da minha idade. É engenheiro e trabalha na Secil. Ainda é cedo para tomarmos decisões definitivas, mas estamos a pensar em casar.

A partir dessa conversa, a gravação dos factos na minha memória apagou-se. Chega-me apenas uma imagem fragmentada a que procuro não dar sentido definitivo. Vejo a Laura deitada no chão, junto ao poço da quinta. Não sei se adormeceu ou se está inconsciente. Veste jeans e uma blusa justa, mas está descalça. Tem, junto aos pés, uma fateixa. Esteve pendurado, durante anos, na parede da sala da quinta onde está o confessionário. Foi única coisa que conservei do meu velho barco Gavião que o tempo consumiu em terra quando eu deixei de sentir o chamado do mar.

Estas páginas assustaram-me. O livro do doutor Vilas Boas parecia leve, a tentar escalpelizar a inter-relação entre o criador e a sua criatura. Nesta fase, ganha tintas de drama. É demasiado tarde para o pôr de lado. Sigamo-lo até ao fim.

Já não me sentia bem, mas agora estou pior.

Já contei que fiquei a viver na casa grande, na companhia dos meus livros e da minha imaginação. A solidão fez-me mal. Ceguei para a fantasia e passei a ter ciúmes da Lorena e dos seus amantes.

Tentei modificar o modo de ser da personagem central da minha novela, mas não o consegui.

Acho que a Lorena deixou de acreditar em mim, o que terá uma consequência séria a breve prazo: irá entender que não existe.

INCÊNDIO

Nas últimas linhas escritas pelo doutor Vilas Boas, a angústia é bem patente. Percebe-se que a novela morre antes do fim pensado. Tenho pena. Talvez não devesse ter chamado os leitores para este enredo.

A minha casa ardeu. Dizem que fui eu que lhe deitei fogo, mas não me lembro disso, nem acredito que o tenha feito.

Encontraram-me sentado na relva do jardim fronteiro, debaixo de um candeeiro. Estava descalço, em cuecas e camisola interior. Tinha o Kamasutra na mão e olhava o incêndio com ar aparvalhado. Não trazia comigo documentos nem dinheiro. O automóvel permanecia na garagem.

Meteram-me num manicómio. Dão-lhe outro nome, mas não me enganam. Sei perfeitamente onde estou.

A camarata tem oito camas e estão todas ocupadas.

Tenho direito a uma mesinha de cabeceira. É onde guardo o Kamasutra. As páginas que vieram em branco assim continuam.

Alguns dos meus novos companheiros pedem-mo emprestado. Há-os de má catadura. Digo-lhes quase sempre que sim, pedindo que o tratem com cuidado. Enquanto se masturbam, deixam-me em paz.

Às vezes, a meio da noite, a Lorena vem visitar-me. Nunca tinha feito amor com ela antes de a minha casa arder.

Diversificamos as técnicas, a ver se inventamos algo realmente novo que mereça figurar no livro. Até agora, ainda não o conseguimos. Espanta-me que os meus companheiros não deem pelos gemidos de prazer que a Lorena solta na minha cama.

Em matéria de sexo, todas as possibilidades e variantes foram experimentadas por homens e mulheres que viveram muitos séculos atrás. Já estavam registadas na escrita, na pintura e na escultura dos gregos antigos e das civilizações indianas. Bem mais importante que inovar nas técnicas, seria criar meios de prolongar o orgasmo. É um prazer intenso e breve que nem sempre é perfeito. Até agora, tal ainda não foi verdadeiramente conseguido, embora haja imbecis que se asfixiam com sacos de plástico com essa intenção. Alguns morrem. Não tenho pena deles.

Cheguei a imaginar projetores que chapariam na lua cheia, em silhuetas negras, uma sucessão de imagens, minhas e da Lorena, ilustrando páginas escolhidas do Kamasutra. Sonhei que haveria muita gente a aplaudir.

Desiludi-me e conformei-me. Vou vivendo dentro das minhas limitações.

O enfermeiro vem aí com os comprimidos. Quase se pode acertar o relógio por ele. Nunca se atrasa nem adianta mais do que cinco minutos.

Os remédios dão-me sono. Antes de adormecer, há quase sempre uma voz que me ecoa no interior da cabeça, garantindo que o sexo praticado com personagens imaginárias é onanismo. Já não me importo com isso.

A seguir, há no livro umas linhas estranhas que parecem ter sido escritas pela Lorena.

Finalmente, tenho o que sempre quis. Agora, o John é só meu.

Há de ser assim durante muito tempo. Não permitirei que alguém se interponha entre nós.

Quando ele morrer, morreremos ambos. A verdade é que nunca existi fora do seu pensamento.

NOTA DO NARRADOR

As palavras que acabei de ler impressionaram-me.

Tratando-se dum escritor habituado a produzir páginas de ficção, é natural que Homero nos esteja a enganar para dar *suspense* e brilho à narrativa. O que acabou de escrever pode ter pouco a ver com o seu estado de alma.

No entanto, sinto uma dor no estômago, acompanhada de azia. É a mesma que me visita, sempre que me chega um pressentimento mau. Aconteceu quando do terramoto de 1969 e repetiu-se, anos mais tarde, quando a Académica desceu de divisão.

Preocupo-me com o que se poderá seguir. As notícias hão de chegar e dificilmente serão boas.

O romance, que parecia desenrolar-se num

mundo afastado, imaginário e inócuo, ganhou cores de drama, mesmo à nossa porta.

Quase todos os escritores são capazes de matar. Reparem que não falo, apenas, dos que se dedicam ao género policial. Morre gente em novelas, tanto de causas naturais como em resultado de violência. Os autores matam, contudo, dentro dos limites estritos das folhas de papel que vão enchendo com letras.

Lembro alguns grandes prosadores e poetas portugueses que puseram termo às próprias vidas. Não sei de nenhum que se tivesse tornado assassino.

O passado nem sempre nos dá lições proveitosas. Já divagámos que chegasse. Voltemos ao nosso tempo.

Propositadamente, evitei falar do meu relacionamento como Homero Vilas Boas antes de ele se fixar em Setúbal. A verdade é que não há muito para contar.

Fomos contemporâneos em Coimbra. Encontrávamo-nos ocasionalmente em cafés, mas nunca nos tornámos amigos. Sabia que ele era do norte, talvez de Trás-os-Montes.

Lembro que o Homero era um apaixonado pelo

teatro. Julgo que, ao longo da vida, nunca deixou de representar. Estudava Direito, sem grande entusiasmo, mas ia passando de ano.

Viviam-se tempos agitados. Eu empenhei-me nas lutas académicas, enquanto ele se posicionava numa neutralidade que cheirava a prudência a mais, ou mesmo a cobardia. O rapaz nunca se comprometeu, nem com a Esquerda, nem com a Direita.

Como toda a gente, Homero possuía qualidades e defeitos. Parecia mais velho do que realmente era e detinha certo ascendente sobre os seus colegas do Teatro dos Estudantes da Universidade de Coimbra.

Pusemos fitas na mesma Queima.

Perdi-o de vista, quando nos formámos.

Apareceu, muito tempo mais tarde, em Setúbal, onde exerço Medicina.

Homero Vilas Boas levantava-se cedo e escrevia durante quase toda a manhã. Ao fim da tarde, passeava pelo Largo do Bocage onde encontrava facilmente antigos estudantes de Coimbra. Entretinha-se a conversar com eles.

Andava empenhado na feitura de um livro novo em que a realidade e a ficção se misturavam. Embora o autor o não pudesse adivinhar, seria o único a nascer à beira Sado. Acabaria, também, por ser a última obra da sua vida.

Pensou intitulá-lo "O escritor e a prostituta", mas, à medida que o enredo se desenvolvia, constatou que o nome se mostrava inadequado. Acabou por lhe chamar "A namorada de Henry Miller".

Acho que nos vamos aproximando, da pior forma possível, dos passos finais da história de Homero Vilas Boas. A lembrança do homem pequeno e magro, que sonhava ser uma segunda versão do Henry Miller, ficou lá muito para trás. É possível que ele continue a percutir teimosamente as teclas da sua máquina de escrever.

Chegaram agora notícias chocantes. Julga-se que o nosso escritor cometeu um crime grave.

O corpo da sua amante foi encontrado no fundo do poço da quinta de que ele é proprietário com uma fateixa de embarcação atada aos pés.

A investigação não descortinou outros suspeitos. Pouca gente entrava na fazenda. Passadas as vindimas, não havia tarefas agrícolas a fazer e os trabalhadores eram dispensados. A esposa, Filomena, vivia no Porto havia meses. Aliás, deixara há vários anos de acompanhar o marido nas visitas à pequena propriedade.

Não se conhecem as circunstâncias da tragédia. Ignoram-se, também, as motivações do assassinato. Há quem fale em ciúmes. Poderá ser verdade. A Laura foi vista, algumas vezes, na companhia dum homem de idade aproximada à dela. Consta que é engenheiro e que trabalha numa fábrica de celulose que labora junto ao Rio Sado. A jovem poderia estar a pensar em trocar de amante ou, mesmo, a planear uma relação que pudesse durar a vida inteira.

EPÍLOGO

Homero não confessou o assassinato de Laura. Alega não saber o que se passou. Diz que não se lembra de nada do que aconteceu durante aquela semana.

Esforço-me por o analisar, apesar de não ser psiquiatra. Nunca vislumbrei nele sinais de violência latente, mas ninguém sabe ao certo o que se passa na cabeça de um homem.

Dizem que perdeu o tino e que deitou fogo à própria casa. Desde que a mulher o deixara, morava sozinho, com os seus livros e os seus fantasmas.

A única consolação que me resta é saber que ele não fez o que fez na posse de todas as suas faculdades mentais. A Justiça reconheceu esse facto e declarou-o inimputável. Condenou-o ao internamento compulsivo numa clínica psiquiátrica. A pena não tem duração estabelecida. O meu antigo companheiro de Coimbra poderá ter de passar ali o resto da vida. Os especialistas avaliarão o seu estado clínico e darão conta, periodicamente, do que entenderem ser a sua periculosidade.

Tenho um esclarecimento a prestar aos leitores. Se têm este livro nas mãos, foi porque ele me emprestou uma cópia, um tanto desordenada. O original ardeu no incêndio que lhe destruiu a casa e os haveres.

A diáspora coimbrã tende a aproximar gente de todas as idades que estudou na velha Universidade. Retomámos o contacto.

Como eu assino, uma vez por outra, críticas literárias em jornais e revistas de pequena circulação, pediu-me que fizesse sugestões sobre o livro que começara recentemente a escrever. Estaria à espera de uma opinião favorável e convenientemente publicitada.

Posso, assim, dizer que vi nascer esta novela, a que o autor associou o nome dum escritor americano muito conhecido que se dedicou à literatura erótica.

Fui acompanhando a obra, à medida que evoluía.

Creio que era intenção de Homero Vilas Boas escrever um romance de duzentas páginas. Falou-me disso, pelo menos uma vez. Ficou-se por menos de metade.

Achei por bem partilhar a minha experiência com os leitores.

O livro do doutor Vilas Boas mistura cenas eróticas com episódios de impotência e de humilhação. A glória e a miséria humana chegam a suceder-se uma à outra, quase sem intervalos.

O antigo advogado foi elaborando reflexões sobre a inter-relação entre o criador e as suas criaturas literárias. Não me parecia que, dali, pudesse advir grande mal ao pequeno mundo da sua escrita.

No entanto, aos poucos, o autor e os personagens tornaram-se muito próximos e passaram a interagir e a influenciar-se mutuamente, a ponto de se diluir a hierarquia na feitura do romance. Sobretudo nos capítulos finais, deixou de se entender quem orientava o enredo e decidia dos destinos de cada um. A vida do escritor complicou-se, de forma imprevisível e, tanto quanto se sabe, definitiva. É pouco provável que recupere e volte a ser capaz de escrever um livro novo. Não teve, sequer, oportunidade de rever este.

Substituí-o, o melhor que soube. Limitei-me a corrigir um ou outro erro ortográfico e a proceder a alterações menores, procurando respeitar o espírito da obra. Ele havia de fazer a revisão de modo diferente. Talvez riscasse alguns parágrafos e adicionasse capítulos novos, mas essa oportunidade perdeu-se. As frases registadas a itálico pertencem-lhe. Pelo menos intencionalmente, não modifiquei uma única das palavras que o doutor Vilas Boas escreveu.

No final, alinhei as páginas. Estão prontas para publicação, se ele achar por bem fazê-la.

Irei visitá-lo, na clínica onde está internado, no próximo fim de semana.

Demorei algum tempo, até reunir coragem suficiente para tomar esta decisão. Estou a contar ser bem recebido, embora me tenham dito que o Homero, ultimamente, tem grandes oscilações de humor.

Printed in Great Britain
by Amazon